3分で仰天！
大どんでん返しの物語

『このミステリーがすごい!』編集部 編

宝島社
文庫

宝島社

3分で仰天！

大どんでん返しの物語

［目次］

妻との箱根旅行で、男が思い出したのは――
誰にも言えない犯罪の物語　中山七里 ―― 7

感染症が蔓延した時代では、不倫も命がけ
誰にも言えないお熱な物語　新川帆立 ―― 17

OLの日向はカフェで、賭けに出る
アンコール　青山美智子 ―― 27

夢の中で読んだ小説を書き起こし、念願の作家デビュー！
夢の印税生活　志駕晃 ―― 37

小学生の頃から好きだった彼が、死んでしまった
初恋の人　佐藤青南　47

そのカフェは、儲け話であふれている
儲け話　塔山郁　57

何でも叶うおまじない、教えてあげる
ぴこぱこぽん　辻堂ゆめ　67

お嬢様と使用人は今夜も二人、ミステリに思いを馳せる
午前零時のミステリ談義　喜多喜久　77

意外と寝心地がいい、あの椅子。何円だと思いますか？
歯医者の椅子　沢木まひろ　87

古の逸話に隠された、もうひとつの真実とは
十二支のネコ　上甲宣之　97

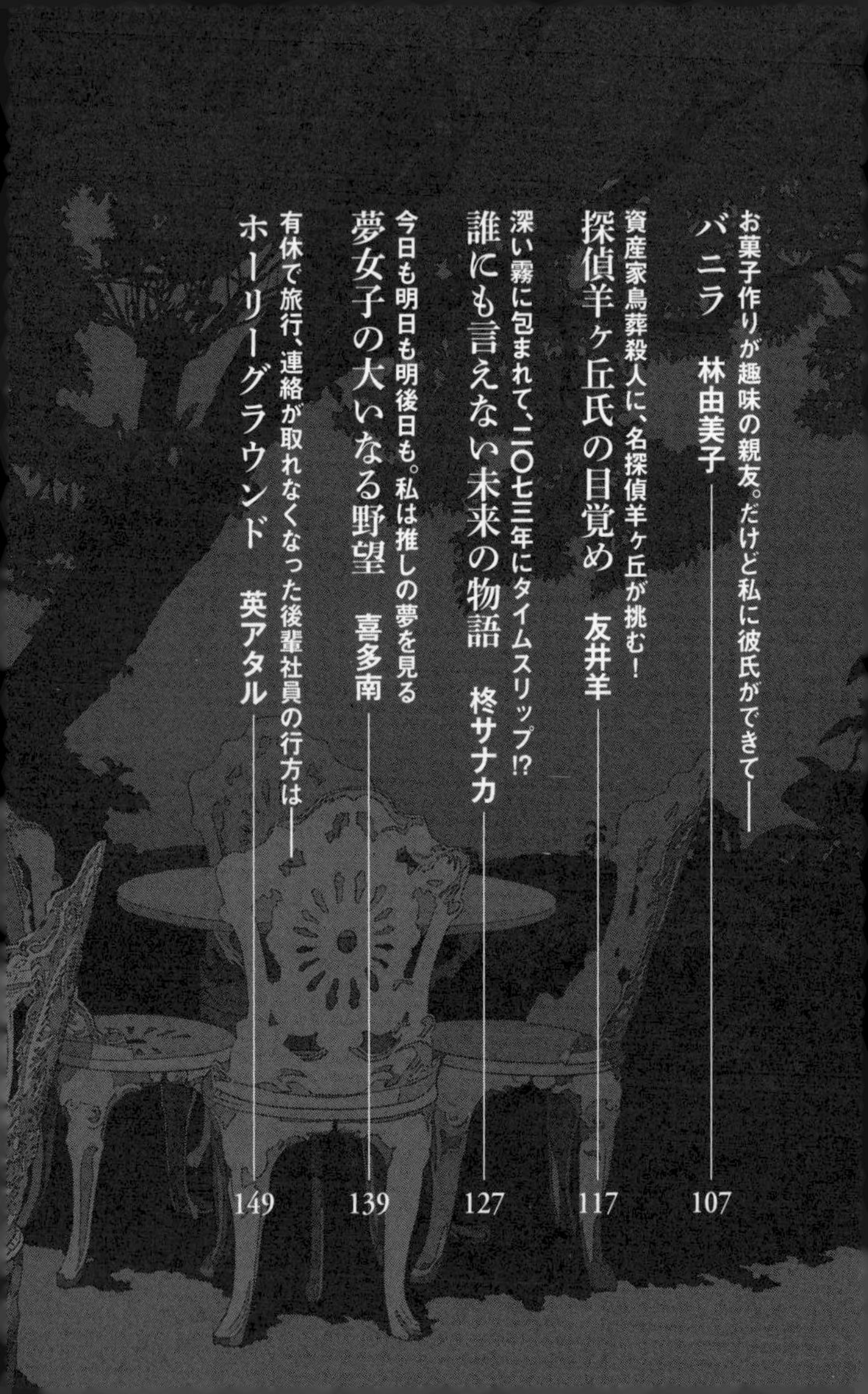

お菓子作りが趣味の親友。だけど私に彼氏ができて――
バニラ　林由美子 ―― 107

資産家鳥葬殺人に、名探偵羊ヶ丘が挑む！
探偵羊ヶ丘氏の目覚め　友井羊 ―― 117

深い霧に包まれて、二〇七三年にタイムスリップ⁉
誰にも言えない未来の物語　柊サナカ ―― 127

今日も明日も明後日も。私は推しの夢を見る
夢女子の大いなる野望　喜多南 ―― 139

有休で旅行、連絡が取れなくなった後輩社員の行方は――
ホーリーグラウンド　英アタル ―― 149

おじいちゃんが連れて行ってくれたのは不思議な喫茶店
銀河喫茶の夜　黒崎リク　159

禁断の恋、その先にあるものは……?
まぶしい夜顔　林由美子　169

喫茶店で働くムサシは、常連客・美枝子さんのお気に入り
高架下の喫茶店　柏てん　179

ロシア対外情報局員を罠に嵌めた敵の正体とは?
シュテファン広場《プラッツ》のカフェ　山本巧次　189

次郎さん、ちょっと聞いてください。今日の僕は……
夜のラジオ　一色さゆり　199

あの人に会うため、私は今日もその場所へ行く
迷庵にて　三好昌子　209

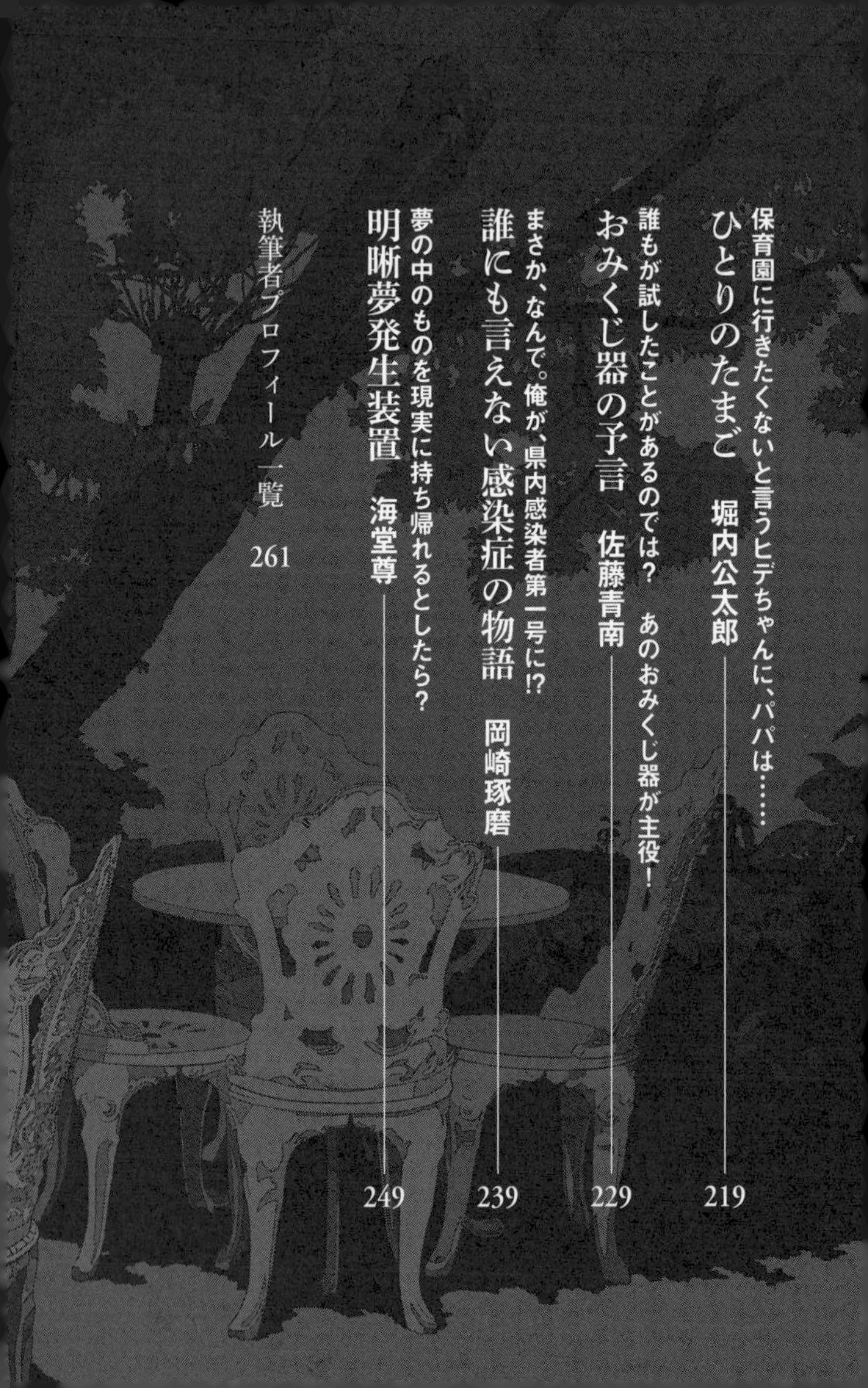

保育園に行きたくないと言うヒデちゃんに、パパは……
ひとりのたまご　堀内公太郎　219

誰もが試したことがあるのでは？　あのおみくじ器が主役！
おみくじ器の予言　佐藤青南　229

まさか、なんで。俺が、県内感染者第一号に!?
誰にも言えない感染症の物語　岡崎琢磨　239

夢の中のものを現実に持ち帰れるとしたら？
明晰夢発生装置　海堂尊　249

執筆者プロフィール一覧　261

誰にも言えない犯罪の物語

中山七里

初出『３分で読める！　誰にも言えない○○の物語』（宝島社文庫）

小田原《おだわら》から箱根湯本《はこねゆもと》温泉に向かうには大きく分けて二つのルートがある。箱根登山鉄道に乗って強羅《ごうら》駅まで上るルートと、箱根登山バスを利用するルートだ。登山鉄道に風情を感じる者も多いと聞くが、わたしはずっと早く到着して効率的な登山バスを使うのが好きだ。

その日もわたしは妻と一緒に登山バスに乗り込んでいた。十月半ば、既に箱根の山々には短い紅葉の時季が訪れており、眺めているだけで華やかな気分になれる。通路を隔てて隣に座る妻も車窓からの眺めに目を細めている。細面で目鼻立ちの整った顔は贔屓目《ひいきめ》でなくても、やはり美しいと思う。

わたしは元々温泉が好きだが、それ以上に妻との関係を何とか修復したい気持ちが強かった。結婚して五年、はや新婚当初の甘さは望むべくもないが、最近は倦怠《けんたい》期どころか家庭内別居に限りなく近い。こちらから話し掛けても無視されるし、ひどい時には怪訝《けげん》そうに睨《にら》まれることさえある。早いうちに子どもを作っておけば今のような状態も少しは回避できたのだろうが、あの頃はお互いに忙しくてそんな余裕もなかった。悔いてもみたが後の祭りだ。

夫婦の間に亀裂が入った原因は、まあよくある話でわたしの浮気に端を発している。呑《の》み会の帰りに職場の同僚と妙な雰囲気になり、気が付けばホテルの一室で朝を迎えていた。普段から憎からず思っていた相手なのでずるずると関係を続けてしまったのだが、妻に露見しないと思い込んでいた自分は浅はかに過ぎた。特に密会の証拠は残していないつもりだったが、浮気は完全にバレていたらしい。そうでなければ妻の態度があれほど豹変《ひょうへん》することもないだろう。

わたしに慢心がなかったと言えば嘘《うそ》になる。若くしてそれなりの財を成したわたしは、浮気も男の甲斐性《かいしょう》と嘯《うそぶ》いていた時期がある。今時流行《はや》らない気風であるのは百も承知しているが、財布の重さは時としてモラルを軽くする。経済力さえあれば、妻も多少の浮気を許してくれるのではないかという甘えがあったのだ。そもそもわたしは自分勝手な解釈をしすぎると指摘されることが多い。

ともあれ、今回の温泉旅行では妻のご機嫌取りに専念するつもりだった。こう見えてわたしは女性にマメなたちだし、妻の扱い方は充分心得ている。

「この紅葉がひと月も続かないのは残念だね」

わたしは穏やかに呼び掛けたが、妻はこちらに振り向きもしない。まさか公衆の面前で無視されるとは思っていなかったので、少し腹が立った。

『次、温泉場入口です』

アナウンスとともに坂の勾配がきつくなる。ここから先は急勾配だけでなく急カーブも多くなり、景色が目まぐるしく変わる。

その時だった。大きく上下左右に揺れる視界の隅にわたしの注意を引くものが映った。

杣道《そまみち》と見紛《みまが》うような山道と、下草に覆われた石段。

瞬間、頭の中で明滅するものがあった。決して通り過ぎてはならない場所。是が非でも立ち寄らなければならない場所。何だ、この焦燥感は。

「止めてくれ」

運転手に声を掛けてみたが、停留所でもない場所に停《と》めてくれるはずもない。次の停留所まで待つしかない。

『次、塔ノ《とうの》沢《さわ》です』

わたしは降車する客に混じってバスから飛び降りた。妻を置き去りにしてしまうが、後に続くバスで追いかければ問題はないだろう。今はただ、あの場所に戻ることが最優先だった。

駅伝のコースに選ばれているのは伊達《だて》ではない。急な坂道を駆け降りると、すぐに息が切れてきた。別に目的地が逃げる訳でもないのだが、わたしは突き動かされるように走り続ける。妻の機嫌取りも温泉も、今や頭から吹き飛んでいた。

ようやく目的地に辿《たど》り着いた頃には肩で息をしていた。ここで間違いない。下草に隠された石段はよほど注意しなければ見落としそうになる。

わたしは一歩を踏み出した。隠されていても石段は着実に存在するが、奥へと進む毎《ごと》に下草は更に高く繁る。石段は不整形をしており、ずいぶん以前に敷かれたものであるのが分かる。幅も極端に狭く、大人二人がようやくすれ違えるほどしかない。手《て》摺《す》りになるようなものは何もないので、バランスを崩さずにいるだけでひと苦労だ。

足元の下草が堆《うずたか》くなるに従って周囲は鬱蒼《うっそう》としてくる。紅葉ではなく、深い緑が陽光を遮り、道路からの喧騒《けんそう》を遠くへと追いやる。

いよいよ緑が暗くなる頃、わたしはこの先に待ち構えているものの正体が薄《う》っすらと分かりかけてきた。

犯罪だ。

わたしは犯罪に関わっていた。この先には、その痕跡が残っている。どうして今まで忘れていたのだろうか。

違う。忘れていたのではない。

敢えて思い出さないようにしていたのだ。忘れよう忘れようと必死に暗示をかけていた。ところが犯罪の現場の入口を見た瞬間、記憶がこじ開けられてしまったのだ。

恐怖と絶望を感じつつもわたしの足は止まらない。追い立てられるように石段を上り続けると、やがて朽ちた鳥居に辿り着いた。

廃神社だった。猫の額ほどの境内に本殿の跡らしきものが残っている。管理者も参拝客も不在のまま何十年も経過したかのような有様だ。本来は厳粛であるはずの空間が、逆に禍々《まがまが》しい空気で満ち満ちている。

わたしが関わった犯罪の眠る場所。その罪深さを示すように澱《よど》み、影を濃くする場所。

これ以上立ち入ってはいけない——頭の中で警報が鳴り響くが、足は言うことを聞かず前へ前へと進んでいく。狭い境内の向こう側は草木で見えなくなっているが、わたしは既に知っている。敷地の端にもう道はなく、断崖になっているはずだった。

やっと全てを思い出した。

わたしはそこの断崖から滑落したのだ。もちろん自分から飛び降りたのではない。

妻に突き落とされたのだ。

廃神社には廃神社なりの趣きがあるから。妻はそう言ってわたしをここに連れてきた。そして先に行ってみようとわたしを断崖に誘ったのだ。離婚しても生活には困らないほどの慰謝料が手に入るにも拘《かか》わらず、あの女はわたしを殺して財産全部を奪うつもりだった。わたしはまんまと計略に乗せられ、崖から突き落とされ、そして死んだ。崖下には未だ発見されぬまま腐敗し、今や完全に白骨化したわたしの死体があるはずだった。妻やバス運転手がわたしの声に応えなかったのも当然だったのだ。

わたしは甦《よみがえ》った恐怖と絶望で喉も裂けよとばかりに叫ぶ。だが、その叫びは誰にも届かないだろう。少なくとも生きている者の耳には。

＊

老舗《しにせ》旅館の特別室に落ち着くと、あたしは一人庭に出て紅葉を愛《め》でた。

今は亡き夫を誘って箱根を訪れたのは去年のことだった。二人で一泊した後、夫は温泉場入口近くの断崖絶壁から滑落した。その時泊まったのが、この老舗旅館だ。しばらく足が遠のいていたが、いつまでも避けているのも癪《しゃく》な気がして今日の再訪に至った次第だ。憂鬱な気分になるかもしれないという予想は杞憂《きゆう》だった。はや冬に向かう箱根の山々を見ていると、世事の疎ましさをいっとき忘れられる。

現場の近くを通り過ぎた時にはさすがに胃が重たくなったが、それも数分しか続かなかった。つくづく自分は罪の意識に鈍感なのだろう。

今でも耳の底には夫の最後の悲鳴がこびりついている。可哀《かわい》そうな人だとも思う。だが夫は憶えているだろうか。彼は突き落とされたのではない。

自分で断崖から飛び降りたのだ。

あたしが敷地の向こう側に興味を示して断崖の端に立つと、背後に異様な気配を察知した。咄嗟《とっさ》にしゃがみ込むと、夫があたしに躓《つまず》き背中を越えて谷底に消えていった。

あたしは夫に殺される寸前だったのだ。彼が浮気をしていたのは知っていた。でも、まさか慰謝料を払うの嫌さにあたしを殺そうとするなんて。死んだのは自業自得というものだ。

まあいい。夫が遺《のこ》してくれた資産は億単位だ。せいぜい優雅な未亡人生活を楽しむとしよう。

その時、あたしの首筋に何か冷たいものが触れた。

誰にも言えないお熱な物語

新川帆立

初出『３分で読める！　誰にも言えない○○の物語』（宝島社文庫）

不倫相手からの電話でたたき起こされた。妻はすぐ横で寝ている。慌ててリビングルームに回り、ベランダで電話を取った。

「電話はかけてこない約束だろ」

男は不機嫌を隠さず言った。

「ごめん」と言う女の声はちっとも悪びれていない。

「ちょっと話があってさ」

「話なら次に会ったときに聞くから――」

妻がいぶかしげな顔でリビングルームにやってきた。ベランダにずいずいと近寄ってくる。男はとっさに携帯電話を隠した。

妻は掃き出し窓を開けると、紙タバコとライターを差し出した。

「忘れてるよ。一服するんじゃないの？」妻は優しく微笑《ほほえ》んだ。

「あ、ありがとう」

男はぎこちなく笑顔を返して、差し出されたものを受け取った。普段ベランダに出るのはタバコを吸うときだけだ。

深呼吸をしてタバコに火をつける。室外機に隠れるように身をかがめ、携帯電話に再び耳をあてた。

「それで、なんだよ」

「だから、オロナウイルス、陽性だったって言ってんの。何回言えばいいわけ」

男が口を挟む間もなく、不倫相手の女は話し続けた。

「会ったのは五日前だよね。あなたも濃厚接触者ってことになると思う」

「マジかよ」

「三日前から熱が下がらなくて、昨日検査したら陽性だった。保健所にあなたのことは言ってないから、自分のことは自分でどうにかしてね」

「ちょ、ちょっと待って」

電話はもう切れていた。

後ろを振り返ると、リビングルームから妻がこちらをのぞき込んでいる。窓に片手をつけて、こわばった表情をしていた。

男は頭をかきながらリビングルームに戻った。

「いやあ、朝から会社でトラブルがあってさ」

「そうだったの」妻の表情がゆるんだ。「大変なんだね」

男はハッと口に手をあてた。とっさに小股で妻と距離をとる。

小学六年生の息子は受験を一カ月後に控えていた。家庭内感染だけは防がなくてはならない。

食卓のバナナを一本つかむと、「あっちで食べるから」と言って、書斎に飛び込んだ。

「どうしたの？　朝ごはんいらないの？」

扉の向こうから妻の声がする。

「急ぎの作業があって」

「トラブルがあったんでしょ。会社に行かなくていいの？」

「だ、大丈夫。今日はテレワークにするよ。通勤時間がもったいないし」

「あっそう。なかなかテレワークできないって言っていたけど、さすがに最近はできるようになったんだね」

妻の足音が遠ざかるのを確認して、男は息を吐いた。

会社にはメールを入れて無理やりテレワークに切り替えた。体調は悪くない。だが無症状の感染者もいるという。会社でむやみに感染を広げるわけにはいかない。

本来なら検査を受けに行きたいのだが、妻に理由を告げず出かけるのは不自然だ。いや、会社に行くふりをしてこっそり検査を受けに行けばいいのか。しかし先ほどテレワークにすると妻に言ってしまった。

味のしないバナナを飲み込むと、おそるおそる廊下に出た。妻と息子はダイニングルームで食事をしているようだ。忍び足で寝室に戻り、服を着替えた。

「あれっ？　やっぱり出社するの？」

寝室の入り口から声がかかった。首の後ろをかきながら振り返る。

「やっぱりどうしても出社が必要になって」

口を閉じないうちに、妻の顔に釘《くぎ》づけになった。

妻はマスクをつけていた。

唐突に妻は顔をそむけ、「ゴホッゴホッ」と咳込《せきこ》んだ。

男は思わず後ずさった。

「ごめんごめん、今朝起きたら喉がイガイガして、空咳が出るの。熱はないみたい。あの子の受験もあるし、念のため家の中でもマスクをつけて――」

言い終わらないうちに妻は再び咳込んだ。

「おかしいなあ。私、最近はほとんど家から出てないのに。オロナウイルスだとしたら、どこからもらったんだろう」

男の手のひらに汗がにじんだ。

「私は検査してもらおうと思う。あなたも一応検査したほうがいいかも」

「そうだな、俺も行くよ」

「あっ、でも、あなた、朝からのトラブルで出社が必要になったんでしょ。いいわよ、私だけまず検査を受けてくるから」

妻は咳込みながらリビングルームに戻っていった。

落ち着かない気持ちで身支度を整えた。会社に行くふりをして家を出よう。こっそり検査を受けて、漫画喫茶にでも入る。会社にはテレワークをすると言ってある。ネット環境のある場所にたどり着けば、あとはなんとかなるはずだ。

靴をはこうと玄関でかがんだとき、また声がかかった。

「あなた、ちょっと待って」

「今度は何だよ」

いらいらしながら顔をあげると、妻が青い顔で立っている。

「あの子、熱があるみたい。もうすぐ受験なのにどうしよう」

さすがに焦りが湧いてきた。息子は小学一年生から塾に入れて勉強をさせていた。もうすぐ六年間の総決算、天下分け目の戦いなのだ。勝てば大学までエスカレーター式で上がれる。負ければ、高校受験、大学受験と試練が続くのだ。

「あなたは体調、大丈夫なの？」

「えっ？　俺？　特に異常はないけど」

視線を泳がせながら言った。

正直に答えているのに嘘《うそ》っぽくなって余計に焦る。

「ふうん。でも無症状の感染者ってこともありえるからなあ。私はほぼずっと家にいるから、もらってくるとしたらあなたなんだけど」

妻の目をまっすぐ見られなかった。彼女の目は今、冷ややかに光っていることだろう。

「そんなの、分からないだろっ」思わず大声が出た。「君だって、スーパーくらい行くじゃないか。最近のウイルスは感染力がすごいんだ。どこでもらってくるか分からない。一方的に俺のせいにされても困る」

妻が苦しそうに咳込んだ。男は言葉を続けられなくなった。

空咳の合間に、妻がなんとか口を開いた。

「あなたのせいにしてごめん。あの子のこともあって取り乱しちゃったの」

「いや、謝ることはない。俺かもしれないし、君かもしれない。誰のせいでもないってことだよ」

「そうね、ありがとう」

「幸いなことに、受験までまだ一カ月ある。万全の体調で当日を迎えられるよ」男は言い訳のように付け加えた。

ちょうどそのとき、リビングルームで電話が鳴りだした。

妻は足早にリビングルームに戻っていく。このまま外に行ってしまおうかと思ったが、すぐに妻が戻ってきた。

「ねえあなた、あの子のクラスで陽性者が出たんだって」

「えっつまり」

「そう、あの子がもらってきたのよ」

「そうかそうか」

男の頬が思わずゆるんだ。心なしか妻の表情も明るく見えた。

「誰のせいってこともないな。さっきは大声を出して悪かった」

「いいえ、私こそ疑ってごめんなさい」

男が妻の腰に手を回した。

優しく抱き寄せようとしたが、妻は腕からすり抜けた。

「やだ、濃厚接触になっちゃうよ」

「俺たちはもう濃厚接触者だろ」

男は顔をほころばせて笑った。


妻は玄関に立って、男の足音が遠ざかるのを待った。

子供を寝室に連れていき、熱さましのシートをおでこに貼ってやる。一定のリズムで寝息を立てるようになったのを確認して、静かに寝室をあとにした。

リビングルームに入り、音が漏れないよう扉をぴったりと閉める。

マスクを外して、携帯電話を取り出した。

「もしもし……ああ、私。うん、旦那は上手いこと誤魔化せたよ。大丈夫、大丈夫。

もともとぼんやりしてる人だし。私が家の中でマスクをつけていたのにも、今朝になってはじめて気づいたみたいだった。体調？　うん、体調も大丈夫。だって私もう、発症七日目だもん。熱はすっかり下がったよ。今日になって急に咳が出始めて焦ったけどね。そう、子供も発熱しちゃって……それだけが不憫《ふびん》なんだけど。でも、私たちのことがなくても、遅かれ早かれ、あの子もかかっていたと思う。学校でかなり流行《はや》ってるからさあ。うん、落ち着くまでは会えないけど……えー？　またあのホテル？　もうちょっと綺麗《きれい》なところがいいなあ。あはは、濃厚接触ってそういうことじゃないし。もう。またね、お大事に」

電話を切った妻の頬はほんのり赤く染まっていた。

アンコール

青山美智子

初出『3分で読める！　コーヒーブレイクに読む喫茶店の物語』（宝島社文庫）

水無月《みなづき》くんがコーヒーを注文したとき、私はテーブルの下でぐっと握りこぶしをつくった。よし、ここまでは願い通り予定通り、順調。あとは賭《か》けに出るだけ。

私たちはイベント会社に勤めていて、水無月くんは別部署の後輩だ。私は企画部で、彼は営業部にいる。今日は昼過ぎまで、一緒に担当しているインディーズバンドのミニライブがあった。土曜日の休日出勤。ライブはアンコールが二回出るほど盛況で、私たちの仕事は日が暮れないうち無事に終わった。

駅までの道すがら、私は並んで歩く水無月くんに「疲れたね。そのへんでお茶していかない？」と誘った。

午後三時半。昼食は仕出し弁当で済ませたし、夕食にはまだ早い。

私の言葉に水無月くんは「あ」と言って、戸惑った表情で腕時計を見た。その仕草は私を少なからずひるませた。このあと用事があるのか、それとも、私とお茶するのがイヤなのか。

「あ、予定があるならべつに」

私はなんでもないふうを装い、あらぬ方向を見ながらつとめて明るく言った。

「いえ、大丈夫です。特に予定は。日向《ひなた》さんがよければ行きましょう」

水無月くんは感じよく笑った。でもそれなら、どうしてとっさに腕時計を見たんだろう。ちりっと胸が痛む。私もかつて、気の進まない突然の誘いに、断る理由を考えるわずかな時間を稼ぎながらそんな所作をした覚えがある。だけど水無月くんの「喉、渇きましたよね」という朗らかな声に気を取り直し、私はガラス張りのカフェに彼を誘導した。「ここがいいかな」なんて、さも初めて目についたように見せかけて、実は何日も前からネットを駆使して探し出し、ひとりでロケハンまでした店だ。

ふたりで店内に入ると、うまいぐあいに窓際のテーブルに案内された。広いガラス窓から、道沿いに並ぶイチョウの街路樹が見える。ロマンティックだ。そして私もお茶ではなくコーヒーを注文し、向かい合う彼を見つめている。

こうしてオフィスの外でふたりきりになるのは初めてだった。企画部と営業部はフロアや業務内容が違うので、ふたりになる偶然も必然もなかなか訪れない。今回のライブイベントにしても、ミーティングはいつも誰かが一緒だった。

ライブの感想や軽い冗談を交わしながら笑い合う。アンコールを叫ぶ客の熱量を讃《たた》え、バンドの未来に希望をふくらませる彼の優しい口調に私は満たされた。

二十五歳の水無月くん。三十二歳の私。

七歳の年の開きを、彼はどう感じているのだろう。女が三歳ぐらい年上のカップルなら、いっぱいいる。むしろちょっといい感じかもしれない。

三歳と言わずとも、もう少しだけ、せめて五歳違いだったら……。

そのとき、「もう少しなんだよなあ」という声が頭の奥で響いた。

二年前に別れた恋人のセリフだった。私にとって「もう少し」は呪いの言葉だ。忘れようと努力しているのに、こんなふうに思い出しては落ち込んで自滅してしまう。振り払おうとすればするほど、その言葉はしつこく私の体にまとわりついてくる。

つきあっていたころ、女子会をしていた居酒屋で偶然、彼を見かけた。私の知らない男友達と飲んでいた。驚かせようと背後からそっと近づいたら、私に気付かないまま彼が友達としゃべっているのを聞いてしまったのだ。

「俺の彼女って、なんていうか、もう少しなんだよなあ」

つきあって半年、なんとなくうまくいかなくなってきたなと感じてはいた。私は恋人として可もなく不可もなく、ルックスも普通で刺激も癒しも足りず、もう少しの積極性ともう少しの盛り上がりに欠けているのだと、彼は早口でまくしたてた。

「思ってること言わないし何考えてるかわからないんだよな。いい子なんだけどね」

いい子じゃだめだったらしい。悪い女ぐらいのほうが良かったらしい。

私は彼に声をかけず、そのまま席に戻った。そしてこちらから連絡するのをためらっているうちに、彼のほうから「他に好きな人ができた」と別れを告げられた。そのときでさえ私は何も言えなかった。そういうところも、もう少しだったのだろう。だから今度誰かを好きになったら、もう少しを踏み越えられる私になろうと思っていた。水無月くんは、あれからようやく見つけた恋だ。

ふと、会話が途切れて間ができる。水無月くんはまた、腕時計をちらっと見た。とたんに心がちぎれそうになる。本当はもう帰りたいのかもしれない。気を使って合わせているだけかもしれない。彼をここに留《とど》めておくにはどうしたらいいんだろう。思わせぶりに甘えてみるか、それとも、他の男性の話をして気を引いてみるか。重い女と軽い女、どっちが困る？ ちょうどいいウェイトが、私にはわからない。

「ここって、ホテルなんですね」

ペーパーナプキンにプリントされた文字を見て、水無月くんが言った。ぎくり、と心臓が音をたてる。ホテル・ランコントルのロゴ。その下にプティ・シャンスと店の名前が記されていた。

そうなのだ。このカフェは大きな赤い庇《ひさし》が目立って、外からだと独立した店に見える。道をただ歩いているだけでは、ホテルの一階だとは気づきにくい。目論見《もくろみ》がばれたかと思ったけど、私の下心なんて水無月くんはたぶん想像もつかないだろう。

「えっ、そうなんだ？」

ホテルだとは知らなかったふりをして、そして、そんなことはどうでもいいというふりをして、私はカップに口をつける。不自然にならない程度に、ちびちびと飲む。

カップの中のコーヒーがなくなったら、このカフェでの時間がおしまいになるから。

水無月くんのカップの底が見え始めた。あとひとくちで、彼はきっとコーヒーを飲み終えてしまうだろう。私はそわそわと、店内を見回した。

「コーヒーのおかわりは、いかがですか」

白いブラウスのウエイトレスが、恭《うやうや》しくコーヒーポットを掲げている。

きた。

心拍数が上がる。

私は、この瞬間に賭けていた。

普通の喫茶店では、なかなかこうはいかない。私はわざわざ、コーヒーのおかわりが回ってくる、ホテルのカフェを選んだのだ。

水無月くんがいつもコーヒーを好んで飲んでいることを、私は知っていた。このカフェに誘って、彼がコーヒーを注文することを期待した。そして。

もしも、水無月くんがコーヒーのおかわりをしてくれたら。

それは、まだ私と一緒にいたいと思ってくれている証だ。

そうしたら告白しようと決めてきた。

仕事終わりにカフェで過ごそうという私からのアンコールを、水無月くんは受けてくれた。そしてこのふたりの時間に、彼からのダブルアンコールはかかるだろうか。

銀製のコーヒーポットが光る。私は水無月くんの答えを待つ。水無月くんはまったく躊躇《ちゅうちょ》なく、ウエイトレスに向かって穏やかにほほえんだ。


「いえ、もうけっこうです」


――――惨敗。

自分自身に言われた気がした。いえ、もうけっこうです。

私が年上だから、先輩だから、お茶の誘いを断れなかったんだろう、きっと。

もう少し、若かったらよかった。

もう少し、可愛《かわい》かったらよかった。

でも、未練がましくカップに残っているコーヒーを見て、はっきりとわかった。

私の恋がうまくいかない理由は、そこじゃない。どうにもできないことのせいにしてる、みっともない自分のせいだ。おかわりに恋の行方を賭けるなんて、水無月くんの選択にゆだねている怖がりな自分のせいだ。何も変わっていないじゃないの。

やっぱりまだ、もう少しだ。自己嫌悪の中、私は一気にコーヒーを飲みほした。


水無月くんは、今度はしっかりと腕時計に目をやり、テーブルの上に置いていたスマホをズボンのポケットに入れた。それは間違いなく、延長終了の合図だった。

泣き出しそうになるのをこらえ、私は伝票に手をやる。こちらからもお開きのサインを示さなければみじめだった。

「ここは僕が」

水無月くんも手を伸ばしてくる。私はせいいっぱい笑って首を横に振った。

「誘ったの、私だし」

年上だし、という言葉を飲み込む。姉さん風を吹かせても卑屈っぽくなるだけだ。

水無月くんは私が持っている伝票の端をぐっとつかんだ。ふと水無月くんを見ると、彼は意を決したように言った。

「シネマスターって、知ってます?」

「……え?」

「僕と映画、観に行きませんか。この近くの単館なんですけど、今日の上映、四時半からなんです。その、ご迷惑でなければ」

驚いている私の顔をじっと見ながら、水無月くんは力強く続けた。

「日向さんと一緒にいたいんです。もう少し」

「もう少し」の、ダブルアンコール。呪いが解けた。

私も腕時計を見る。急がなくては。私も一緒にいたいって、水無月くんにちゃんと伝えなくては。映画が始まるまでの、もう少しの間に。

夢の印税生活

志駕晃

初出『3分で読める！　眠れない夜に読む心ほぐれる物語』
(宝島社文庫)

「おめでとうございます。第二〇回の『このミステリーがものすごい！』大賞に、井《い》桁《げた》さんの『眠りの迷宮』が決まったそうですね。まだ発売までは時間がありますが、いち早く我々の取材に応じていただき有難《ありがと》うございます」

小説家を志して五年。井桁慎二《しんじ》は四作目に書いた作品で、賞金が最も多いミステリー新人賞を受賞した。いち早くそれを聞きつけた某ＷＥＢニュースサイトの記者から、井桁は作家として初めてのインタビューを受けていた。

「どうも有難うございます。三年前にサラリーマンを辞めてからは、コンビニのアルバイトをしながら執筆を続けてきましたから、これで創作活動に専念できそうでよかったです」

「賞金の一二〇〇万円の他にも、この新人賞ならば初版もたくさん刷られますし、映画やドラマ化もありえますからね。井桁さん、これからは夢の印税生活が待っているんじゃないですか」

若い取材記者は微笑《ほほえ》みながらそう言った。

そんなことを言われても、井桁は浮かれる気にはなれなかった。今後作家として生き残るためには、何としてもデビュー作をヒットさせなければならないと、先輩作家から言われていたからだった。

「デビュー作は夢にまつわる作品とお聞きしましたが、そのアイデアはどんな時に思い付いたのですか？」

井桁のデビュー作『眠りの迷宮』は、夢遊病が原因で不眠症になってしまった男が起こした殺人事件で、最後に叙述トリックが仕掛けられていた。

「嘘《うそ》のような話ですが、このアイデアは夢の中で思い付いたんです」

井桁は頭を掻《か》きながらそう答えると、若い記者は目を丸くして身を乗り出した。

「それは面白いエピソードですね。もう少し詳しく教えてもらえますか」

「この作品を考えていた時、誰かが書いた小説を読む夢を見たんです。その小説があまりにも面白かったので、それをそのまま書いて応募したんです。しかし、まさか大賞を射止めるとは、夢にも思いませんでしたけどね」

「そんな不思議なことが、実際にあるんですね」

「僕、割と夢でアイデアが思い付くことがあるんですよ」

井桁は昔から、夢で見た問題が試験に出たり、デジャビュのような予知夢を見ることがあった。

「なんか、超能力者みたいですね」

「ポール・マッカートニーが、名曲『イエスタデイ』を夢の中で作曲したエピソードはご存知ですか」

若い記者は井桁のその質問に大きく首を振った。

「ポール・マッカートニーが夢を見ていたら、そこに『イエスタデイ』のメロディが流れてきたそうなんです。ポールは目が覚めてもその曲を忘れていなかったので、それをすぐに録音して誰が作曲した曲なのか専門家に聞いてまわったそうです。そしてその曲がどこにも発表されてないことを確認して、ポールはついに『イエスタデイ』を自分の曲として発表したんだそうですよ」

レオナルド・ダ・ヴィンチや、サルバドール・ダリなどの歴史上の人物や、ITを駆使して画期的なサービスを始めた現代のカリスマ経営者など、夢がヒントになったと語る人物は少なくなかった。

『井桁さんの受賞作品が、私の未発表作品であるように思えてしかたありません。夢遊病が原因で不眠症になった男が起こした殺人事件で、しかも叙述トリックだそうですね。私の作品のあらすじは以下の通りですが、もしも似たような作品ならば、面倒なことになる前に必ずご連絡を下さい。Sより』

井桁がそんなメールを受け取ったのは、先日受けたインタビューがネットニュースに掲載された数日後のことだった。

最初はただの悪戯《いたずら》だと思っていたが、そのメールには簡単なあらすじが添付されていた。それは井桁が書いた小説に極めてよく似ていた。ネットニュースのインタビューでは、詳しいあらすじを話してはなく、従ってそれを知っているのはごく限られた人物しかいなかった。

さすがに心配になって、井桁は担当の編集者に相談した。

「井桁さん、本当にあの受賞作品は井桁さんが書いたんですよね」

「もちろんですよ。アイデアこそ夢で見たものを借用しましたが、小説は一字一句私が書きました」

担当の男性編集者は、眉間に皺《しわ》を寄せて井桁をじっと見つめる。

「そうならばいいんですが、新人賞の場合、盗作にまつわるトラブルが起こることがあるんですよ。もしも井桁さんが盗作をしていたら、もちろん新人賞は剝奪になりますが、他にも当社が被《こうむ》った損失を井桁さんに損害賠償請求することもありますから、正直におっしゃって下さい」

井桁は急に不安になった。

アルバイトによる収入でかつかつの生活を送っている井桁が、そんな損害賠償に応じられるはずがない。それに何より、大賞賞金をはじめこれからやってくるビッグチャンスを、こんなことで失いたくはなかった。

「信じてください。僕は盗作なんかしていません。あの小説は、僕が一字一句精魂を込めて書いた一〇〇％のオリジナル作品です」

編集者は大きくため息を吐《つ》きながら腕を組んだ。

「念のため、その小説の全文を送ってもらうようにSさんに伝えてください。まだ井桁さんの小説が発表されたわけではありませんから、その作品が多少似ていても、ストーリーが全く同じでなければ盗作ではないと主張できますから」

数日後、Sからのメールが着信した。そこには、井桁が新人賞に応募した作品と全く同じ原稿が添付されていた。

夢の中で読んだあの小説は、リアルに実在していたのだった。しかもSは、その原稿を井桁よりも早く書き終えていたと言う。

『何がどうなっているのか頭が混乱してわかりませんが、私は結果的にこの作品を、私の作品として新人賞に応募して大賞を取ってしまいました』

井桁はそんなメールをSに送った。

『井桁さんは確かインタビューの中で、この作品を夢の中で読んだとおっしゃっていましたよね』

『はい、そうです』

『ひょっとして井桁さんは、予知夢を見たのではないでしょうか。こうやって私の小説を読むことを、夢の中で前もって体験していたのだと思います。井桁さんは、子供の頃から、予知夢を見る能力があったりはしませんでしたか？』

井桁には思い当たることがいくつかあった。

『そうなのかもしれません。僕がこの小説を夢の中で読んだことは事実です。しかし、あなたの作品を読んだのは、私が作品を書き終えたずっと後ですし、そうなると、この作品の著作者は誰だと考えればいいのでしょうか』

井桁はそれが気になった。裁判となれば、自分に分があるような気もする。

『著作者が誰になるのかはわかりませんが、この事実を出版社が知れば、賞の権利は剝奪されてしまうでしょう。作品に罪はありません。私としてもあの小説が、日の目を見ずに闇から闇に葬り去られるのは本意ではありません。また始まったばかりの井桁さんの作家人生に、傷をつけたくもありません。私は井桁さんの条件次第では、マスコミなどにこの事実を公表することはしないつもりです』

『条件というのは、どういう意味でしょうか？』

『たとえば賞金の一二〇〇万円と、今後入ってくる印税を二人で折半するというのはいかがでしょうか』

「手塚《てづか》さん、本当に有難うございました。もう少しのところで犯人の要求通りに、大金を払ってしまうところでした」

賞金と印税の折半という条件を突きつけられたが、井桁は知り合いの弁護士に相談することを思い付いた。手塚雄太郎《ゆうたろう》という風変わりな弁護士は、このようなミステリアスな案件に異常な執念を燃やすタイプで、この不思議な事件の真相を突きとめてくれた。

「井桁さんが執筆に利用していたパソコンが、コンピューターウィルスに汚染されていたわけですからね。犯人は井桁さんのパソコンから、まだ世間に公表されていない受賞作の原稿もコピーできてしまったわけです」

ミステリー好きのその弁護士は、ハッキングに関する知識も豊富だった。

「そんなことができてしまうんですね。犯人が自分のパソコンに潜入していただなんて、夢にも思いませんでした」

そして、井桁が予知夢を見たからだという犯人の誘導に、すっかり騙《だま》されてしまうところだった。

「僕としては、井桁さんが予知能力を使ったという話のほうが、夢があって好きだったんですけどね。しかし残念ながら、これは単なるサイバー犯罪でした」

「これから原稿は、インターネットに繋《つな》がっていないパソコンで書くことにしました」

犯人は不正指令電磁的記録に関する罪、さらには詐欺未遂で捜査されたが、あと一歩のところで逃げられてしまったらしい。

「それがいいと思いますよ。この事件がマスコミにも取り上げられて、井桁さんのデビュー作は発売前にもう重版が決まったらしいじゃないですか。きっと次回作もベストセラーになりますから、やっぱりセキュリティには気をつけないと」

こんな不思議な事件に巻き込まれたおかげで、デビュー作は大きな反響を呼んでいた。結果的に『災いを転じて福となす』と、担当編集者からは言われていた。

「ところで手塚さん、次回作のアイデアをまた夢で見てしまったのですが、これは発表してもいいものですかね。ちょっと相談に乗ってもらえませんか」

「それはどんなアイデアですか？」

手塚は興味津々にそう訊《たず》ねてきた。

「作家志望のハッカーが、パソコンから小説のアイデアを盗まれた事件を自作自演して、ベストセラーを生み出す話なんです」

初恋の人

佐藤青南

初出『3分で読める！　眠れない夜に読む心ほぐれる物語』
（宝島社文庫）

彼が逝った。

交通事故による、あまりにも突然の死だった。日ごろから身体《からだ》を鍛えているスポーツマンでも、結局、生命は等しくはかなく脆《もろ》いものだと、痛感させられた。

第一報を受け、こんなことなら――と、私は思った。

こんなことなら、添い寝ぐらいしてあげるべきだった。出会ってから一年。付き合い始めてからは、半年。彼は幾度か身体の関係を求めてきた。せめて一緒に横になるだけでもと、駄々をこねたことすらある。

――だって人間はいつ死ぬかわからないんだよ。

あのときは縁起でもないといなしたが、彼の言葉が現実になったかたちだった。本当だ。人間はいつ死ぬかわからない。彼の言う通りだった。

中学校の校舎が見えてきた。校庭では運動部の生徒たちが練習を始めている。金網越しにその姿を眺めながら、私は懐かしさに目を細めた。

そういえば、もうすぐ体育祭だ。

私と彼が出会った、記念日。

正確には、私と彼が再会した日だ。

あの日、両手でメガホンを作り、グラウンドに向かって懸命に声援を送る彼の横顔に、私は幽霊でも見ているのかと、自分の目を疑った。手の甲で何度も目もとを擦《こす》った。だが夢でも幻でもなかった。

　小学校のときに引っ越して以来音信不通だった彼が、そこにはいた。年齢を重ねて容貌が変わっても、私にはわかった。初恋の人だった。私は小学生のころずっと、彼のことが好きだった。

　声をかけても、彼は私のことがわからないようだった。少し傷ついたが、彼は悪くない。私が一方的に好きだったのだから。

　ほら、私。小学校のときに一緒だった。自分を指差しながら彼の記憶を喚起しようと懸命にアピールする姿は、傍《はた》から見れば滑稽に映ったかもしれない。私は必死だった。人生でまた彼に会えるなんて、考えもしなかった。彼は家族の仕事の都合でこの近くに引っ越してきたらしかった。運命だと思った。あの小学校から遠く離れた街で、二人は再会したのだ。

　それから私たちは、週に一度のペースで会うようになった。映画を観たり、カフェでお茶したりといった、かわいらしいデートを重ね、半年後に互いの気持ちを確認し合った。だが、その後も清い交際が続いた。彼が求めてくれるのは嬉《うれ》しかったが、私には一歩踏み出す勇気がなかった。

　一度、彼から旅行に誘われたことがある。家族には友達と一緒だと嘘《うそ》をつけばいいと言われたが、私は断った。家族に嘘をつくなんてよくないし、泊まりの旅行だったから。「家族に内緒で旅行するのが嫌だなんて、子供みたいだ」と彼は不服そうだった。

いま振り返れば、旅行ぐらい行っておけばよかった。私には昔から臆病すぎるところがあった。周囲からは大人の言うことをよく聞く優等生と映っていたようだが、そうではない。冒険できない、ただの怖がりだった。そしてこの臆病さのせいで、大切な彼と深い関係を結ぶことすらできぬまま、永遠の別れを迎えてしまった。

私は自分の手を見る。彼のぬくもりを直接感じることができたのは、この手だけだ。ごつごつした皮膚の感触を、意外に高い体温を、思い出そうとする。こうやって記憶を辿《たど》ることでしか、もう彼に触れることはできないのか。そんなことを考えていると、ふいに鼻の奥がつんとして、視界がぼやけた。

「大丈夫ですか」

振り返ると、そこにはブレザーの制服を着た女の子が立っていた。鞄《かばん》を胸に抱き、心配そうな上目遣いでこちらをうかがっている。この中学校の生徒のようだ。

「大丈夫。ありがとう」

「どうしたんですか。なにか、できることがあれば――」

女の子の話の途中で、私はかぶりを振った。

「平気。大切な人のことを、思い出していただけだから」

「大切な人……?」

遠慮がちだが、興味を抑えられないといった雰囲気だった。この年代なら無理もない。少しだけ、話し相手になってもらおう。

「つい最近、交通事故で亡くなったの」

女の子が自分の口を手で覆う。

「亡くなってしまえば、あれをすればよかったとか、これをすればよかったとか、そんな後悔ばかりが浮かんでくるのよね」

本当に悔やまれる。あんなに好きだったのに、ふたたび巡り会うことができたのに、手を握ることしかできなかった。彼の求めに応じていればよかった。身を任せればよかった。でも私には、彼のように情熱の赴くままに行動することはできなかった。どうしても我が子の顔が浮かんでしまうし、彼の家族のことも考えてしまう。不倫ではない。互いに独り身ではある。だが、私は子供と一緒に暮らしているし、彼もそうだった。どうしても子供の顔がチラついて、一線を越えられなかった。

その結果が、いまだ。私はまた、大切なものを失った。失った後で、怒濤《どとう》のような後悔に襲われている。秘めた想いを告げられなかった小学生のころから、なに一つ成長できていない。

「今日はこれから、その大切な人の家を訪ねようと思っているの。お線香ぐらいあげさせてもらえないかと思って」

共感力が強いのか、女の子は少し悲しげに顔を伏せた。しばらく思い詰めたような目で地面を見つめた後、顔を上げる。

「その大切な人の名前、なんて言うんですか」

思いがけない質問に、虚を突かれた。

しかし、別に隠す必要のある情報でもない。私は彼の名前を告げた。

すると、女の子は「やっぱり」と目を見開いた。

「それ、私の曽祖父です」

私は思わず息を呑《の》んだ。

校庭からは、部活動に勤《いそ》しむ生徒たちのかけ声が聞こえてくる。

「ということは……」

「私はお婆《ばあ》さんの大切な男性の、ひ孫です」

女の子ははにかんだような顔をして、はじめましてと行儀良くお辞儀をした。

彼のひ孫。つまり、私と彼を七十五年ぶりに引き合わせてくれた、キューピッドということか。

一年前、私は自分の孫の体育祭を見るために、この中学校を訪れた。

そこで彼に出会ったのだった。小学校時代、ひそかに想いを寄せていた彼。太平洋戦争が激化するなか、田舎の親戚の家に疎開したため、離ればなれになった彼に、ふたたび会えるとは思ってもいなかったし、私自身が、七十五年も会っていない小学校の同級生を覚えており、年齢を重ねた彼の顔に気づいたことに驚いた。

私は小学校時代の同級生であることを懸命にアピールしたが、彼は覚えていなかった。学校の名前には反応したが、私のことは、最後まで思い出せなかったと思う。それでよかった。七十五年ぶりに、初恋をやり直すチャンスをもらった。それでじゅうぶんだった。

私たちは週に一度のデートで、たくさんの話をした。お互いに七十五年ぶんのストーリーがある。話は尽きなかった。彼は長年連れ添った奥さんを亡くしたばかりで、私は十五年前に夫を亡くしていた。夫のことは愛していたし、いまはすっかりおじさんおばさんになった子供たちにも愛情はある。それでも私は、久しぶりのときめきに浮き立つ心を抑えきれなかった。

同居する息子夫婦に交際を隠したのは、いい年をして色気づいてと、あきれられるのが怖かったからだ。彼が交際をオープンにしたいのは知っていたが、私には勇気がなかった。

「ひいお祖父ちゃんから、聞いてます」

えっ、と思った。まさか、彼が私のことを家族に話していたなんて。

そして、続く女の子の言葉で、さらに驚かされた。

「私の体育祭で、小学校時代の同級生から声をかけられて驚いたって。しかもその女性が、ひいお祖父ちゃんにとって初恋の人だったんだよって」

言葉を失った。

初恋の人……？

彼は私のことを覚えていた。それどころか、私にとってそうだったように、彼にとっても私は、初恋の相手だった。

「最近のひいお祖父ちゃん、すごく生き生きして楽しそうでした。亡くなったのは本当に残念だけど、最後に初恋の人に再会できて、一緒に過ごすことができて、ひいお祖父ちゃんは幸せだったと思います。ありがとうございました」

深々と頭を下げられたが、言葉が出てこない。代わりに涙があふれ出した。

女の子がハンカチを差し出してくる。

「ひいお祖父ちゃん、もともと運動好きだったけど、最近になってさらに張り切って身体を鍛えるようになったんです。彼女をいろんなところに連れていってあげたいんだって言ってました」

旅行に行けばよかった。本当は、家族に嘘をついて出かけるのに抵抗があったのではない。二人きりで出かけて、彼に迷惑をかけるのが怖かった。

嗚咽《おえつ》に阻まれて返事ができない。私は受け取ったハンカチで目もとを押さえながら、ただうんうんと頷《うなず》くしかできなかった。

しばらくして、ようやく落ち着いてきた。

「ごめんなさい」

「いいえ。うちのひいお祖父ちゃんのために泣いてくれて、ありがとうございます」

「お線香、あげさせてもらえるかしら」

「もちろんです。うちまでご案内します」

女の子は私の背後にまわり、車椅子の手押しハンドルを握った。年齢のせいで足腰が弱った私は、どこに行くにも車椅子だった。だから、旅行の誘いを断った。でも、行けばよかった。

きっと彼なら、車椅子の介助だって上手《うま》くこなしてくれただろう。

「重いわよ」

「かまいません。ひいお祖父ちゃんと同じで、鍛えていますから」

力こぶを作ってみせる女の子の笑顔に、初恋の人の面影が覗《のぞ》いた。

儲け話　塔山郁

初出『3分で読める！　コーヒーブレイクに読む喫茶店の物語』（宝島社文庫）

全国展開しているカフェチェーンのコーヒーが好きだ。香りもコクも風味もない、ただ薄いだけの褐色の飲み物を、時間をかけてゆっくり飲み干すのが、俺の休日の過ごし方の定番だ。あんな代物によく金を出せるな、と嗤《わら》う輩《やから》もいるが、電源とフリーWi-Fiがセットになっていると思えば、わざわざ文句を言うこともない。

そういうわけで、俺はその日も新宿のカフェにいた。咲きかけた桜が見える窓際の席に陣取って、朝からスマホで趣味の情報収集にいそしんだ。昼前になって、隣のテーブルの会話がふと耳に入った。

「嘘《うそ》じゃない。これを買えばお前も金持ちになれるって」

ホストのような服装の若者が二人、後ろ頭に寝癖のついた大学生風の男に何かを熱心に勧めている。

「五十万なんて絶対無理だよ。貯金はないし、親にだって借りられない」寝癖は断っているが、ホスト風二人はあきらめない。

「学生ローンを使えよ。お前、先月誕生日だったよな。二十歳を過ぎれば親の承諾なくローン契約ができるんだ」「こんな美味《おい》しい話は滅多にないぞ。高校の同級生のよしみで声をかけてやったんだから、ありがたく思ってこの契約書にサインしろよ」

交互にまくしたてられて寝癖は困った顔になる。「実は、そのバイナリーオプションってやつを昨日やってみたんだよ。でも負けてばかりで、すぐに三万円がなくなった。あんなの丁半博打《ばくち》と一緒だよ。とてもじゃないけど儲《もう》かるとは思えない」

「だから、そこでこれを使うんだ」一人がポケットからUSBメモリを取り出した。

「中に必勝法が入っている。これを使えば間違いなく稼げるぞ」「俺たちもこれで稼いで腕時計を買ったんだ。見ろよ。こいつがオメガで俺がロレックスだ」「金持ちになって交遊関係も広がった。最近じゃ麻布《あざぶ》や六本木《ろっぽんぎ》でパーティ三昧の生活を送ってる」

ホスト風二人は金満なリア充ぶりを自慢するが、寝癖は怯《おび》えたように首をふった。

「いいよ。そういう派手な世界に興味はないし……」

「金持ちになれば、芸能人が来るパーティだって顔パスで入れるぜ」「そうそう。この前は何とか坂ってグループのハーフの女の子が来ていたな」

その台詞《せりふ》で寝癖の顔つきが変わった。「何とか坂のハーフの女の子って、もしかして団子《だんご》坂《ざか》の瀬尾《せお》アリス？」

「わりぃ。名前は忘れちまった。俺たちそういうのに興味がないからさ」「結構、有名な娘らしかったぜ。サイン待ちの列が出来ていたからな」「もしかして、その娘のファンだった？」「悪かったな。知っていたらサインくらいもらってきてやったのに」

「いやいや、そんなの必要ないさ。これを使って金持ちになれば、すぐにそういうパーティに参加できるようになる」二人はここぞとばかりに言い立てる。

「瀬尾アリスに会えるのか……。ああ、どうしよう、迷うなあ」

寝癖が頭を抱えて悩み出したので、俺は笑いをこらえるのに苦労した。ホスト風二人の口上は典型的な詐欺師のそれだった。バイナリーオプションは為替《かわせ》の値段が上昇するか下落するかを予測する取引だ。外せば掛け金を没収されて、当たれば掛け金が倍になる。ルールが簡単なだけに必勝法はない。あのUSBメモリに入っているのは、証券会社が無料配布しているインジケーターと呼ばれるサインツールだろう。過去の動きから予想して上がるか下がるかのサインを出すが、その精度は50％に毛が生えた程度で、高級腕時計を買えるほどに勝てるものじゃない。

「結果が出なかったら金は返す。だから、騙《だま》されたと思って試してみろよ」

甘い言葉にとどめを刺されて、寝癖はついに頷《うなず》いた。「……わかった。買うよ」

よっしゃ、とホスト風二人はハイタッチをした。「善は急げだ。すぐに学生ローンを契約しに行くぞ」「英会話学校に通うためだって言えば問題なく借りられるからな」

――ご愁傷さま。引っ張られるように店を出ていく寝癖の背中に向かって、俺は心の中で手を合わせた。あの二人は、これを使えば間違いなく稼げるぞ、と言っていた。その言葉に嘘はない。二人はカモにUSBメモリを売りつける商売で儲けている。結果が出なければ返金すると言ったところで、この先連絡が取れなければ意味がない。生年月日や趣味嗜好《しゅみしこう》も調べたうえで二人は寝癖を呼び出している。心を動かされた時点で寝癖に逃げる術《すべ》はなかったということだ。ガラクタをつかまされて後に残るのは学生ローンの借金ばかり。カモの末路は哀れなものだ。

しかし俺は同情しなかった。五十万で済めば傷は浅いといえるだろう。これも勉強代と思って、次は騙されないようにするんだな。

しばらくすると別の二人連れが隣に座った。脱色した髪の毛を逆立てたチャラそうな男と坊主頭のおとなしそうな男だ。

「あの、加藤《かとう》に訊《き》いたんですけど、ビリオン田島《たじま》がやっていたオンラインサロンに入会できるって本当ですか」席に着くなり坊主頭がテーブルに身を乗り出すようにして声を出す。声は抑えているが、生憎《あいにく》俺は地獄耳だった。

「ああ、本当だ。俺の先輩がその主宰者と知り合いなんだ」

「じゃあ、俺も紹介してもらっていいですか。加藤が入会したと聞いて、いてもたってもいられなくなったんですが」

「してもいいが、金はあるのか。入会金が二十万で毎月の会費が三万かかるぞ」

「マジっすか……」坊主頭が顔をしかめる。「高いっすね」

「暗号通貨の鉄板情報が毎週末に配信されるんだ。高いと思うなら無理に入ることはない。入りたいという奴はいくらだっているんだから、お前を無理に誘うこともないからな」

「いや、入ります。金はあるから紹介してくださいよ」

「慌てるな。条件はまだあるんだよ。暗号通貨に限らず相場の取引は毎回勝てるというものじゃない。負けるときは極力額を抑えて、勝てるときに大きく勝つのが資産を増やすコツなんだ。最初に少し負けたくらいで話が違うと騒ぎ出すような頭の悪い奴は正直言って邪魔なんだ。お前、忍耐力はあるほうか」

「大丈夫です。貯金もあるし、メンタルも強いです」坊主頭は勢い込んで頷いた。

「それなら入会金の二十万円を用意しな。それをこの口座に振り込むんだ。それから次に会費だけど——」

二人が声をひそめて相談をはじめたので、俺は心の中でため息をついた。

ビリオン田島こと田島卓也《たくや》は独学で金融工学を学び、暗号通貨の取引で巨万の富を築いたとされる伝説のトレーダーだ。一時テレビに取り上げられて有名人となったが、その後にコカイン使用で逮捕されて表舞台から消えている。出所後に所在不明となったせいで、弟子だ、兄弟だ、愛人だと名乗る人物がネット上に現れては、金をかき集めた直後に行方《ゆくえ》をくらまし騒ぎになっている。だから、投資関連の情報に詳しい人間は、ビリオン田島という名前を聞いたとたんに笑い出す。それを知らない情報弱者を狙って、ハイエナのようなちんけな詐欺師がいまだに跳梁跋扈《ちょうりょうばっこ》しているというわけだ。

加藤という男とこのチャラい男はグルだろう。高い金を出してそのオンラインサロンに入ったところで、ゴミみたいな情報を配信されるのがオチだろう。

俺は再びため息をついた。寝癖といい、坊主頭といい、考えが甘すぎる。金儲けをしたいと思うことは悪いことじゃない。しかし舞い込んできた美味しい話に乗せられて、楽に金儲けができると信じ込むのは愚の骨頂だ。本当の儲け話は簡単なものじゃない。時間と労力をかけて必死に探し、いざ見つけたら死に物狂いで追いかけて、土下座をしてでも摑《つか》みとるべきものなのだ。

二人が席を立ってしばらくすると、サングラスをかけた背の高い女が入ってきた。女は店の中を見渡した。俺を見つけると近づいてきて、空いていた隣の席にすとんと座った。俺はポケットから出したコインロッカーの鍵《かぎ》を、誰にも気づかれないようにそっと女に手渡した。「約束の物はそこです」女は黙って頷いた。

女は政界や財界に太いパイプを持つ金融ブローカーだった。今は上場間近の未公開株をひそかに国会議員に斡旋《あっせん》する案件に関わっているそうだ。しかし金融庁の監視が厳しくなって、発覚を恐れて尻込みする政治家が多くなった。それで売れ残った半端な株式を購入する人物を探しているところだという。株を発行した企業が上場すれば、株価は二倍か三倍、あるいはそれ以上に跳ね上がる。購入の条件は現金で一千万円用意できること。そして友人や知り合いはもちろん家族にも口外しないこと。

とあるネットサロンで俺はその情報を聞きつけた。ネットサロンで購入者を探しているのは、家族や知り合いに購入を持ち掛けるとインサイダー取引を疑われる恐れがあるためだ。三名の定員に百名超の応募が殺到しているそうで、選んでもらうために俺は必死に自分を売り込んだ。もうすぐ定年を迎えるため退職金をその資金に充てられること、独身で家族も友人もいないので口外するにも相手がいないこと。数十通のダイレクトメールを送ってアピールした甲斐《かい》もあり、俺は購入者に選ばれた。

もちろん詐欺ではないかという不安もあった。自慢ではないが、これまでに両手の指では利かない数の詐欺にあってきた。根拠のない話をそのまま信じるわけにはいかない。スマホを使って検索すると、未公開株の斡旋を謳《うた》った詐欺は、振り込め詐欺と同じくらい頻繁に起こっていることがわかった。

不安を覚えた俺は『未公開株を発行している会社の名前を教えてくれ』と女に頼んだ。『それはできない』と返信があった。『相手先との信義則の問題がある。その代わりと言っては何だが、信用を得るに値する証拠を実際に会ったときにお見せする』

約束の通り、最初に会ったときに女はその証拠を見せた。それは女が総理大臣や総理夫人と一緒に写っている写真だった。去年、総理大臣主催の『桜を愛《め》でる会』に招待されたときに撮ったという。合成ではない証拠に招待状の写しもあった。俺はうなった。詐欺師風情が総理大臣主催の催しに入れるわけがない。俺は女を全面的に信用して、金を預けることを決めたのだ。

「また連絡します。くれぐれも他言無用にしてください」

女は一千万円の入ったコインロッカーの鍵をポケットにしまうと、そのまま席を立って出ていった。つながりを知られないようにするために、接触は最低限にするという条件も最初に女から提示されていた。

俺は満足して、冷たくなったコーヒーを一口飲んだ。寝癖や坊主頭にこの結果を見せてやりたかった。といってもそれは彼らを馬鹿にするためじゃない。世の中にはこんな幸運もあるのだから、お前たちも頑張れとエールを送ってやりたかったのだ。

俺は再びスマホを取り上げた。これで満足するわけにはいかなかった。今回手に入れるだろう金額は、これまでに騙されて失った金額の半分以下でしかないからだ。

スマホで検索していると、あるニュースサイトの記事が目についた。『桜を愛でる会』の招待状が闇サイトで売買されているという内容だった。去年も同様のことがあったようで、セキュリティの点で問題があると野党が問題視しているとのことだった。

本当かよ。俺はその記事を三度読み返した。そして次にあの女に会ったら、こう言ってやろうと決めた。

『あなたの受け取った招待状、闇サイトで売ったりしたらダメですよ。詐欺師の手に渡って悪用されるかもしれませんからね』

面白い冗談だと女はきっと笑ってくれるだろう。俺は満足すると、新たな儲け話を求めてスマホの画面をタップした。

ぴこぱこぽん

辻堂ゆめ

初出『3分で読める！　眠れない夜に読む心ほぐれる物語』
(宝島社文庫)

――ゆっくりと、目を閉じてみてください。まぶたの裏の暗闇をじっと見つめましょう。徐々に、徐々に、心が安らいでいきます。

いつからだろう。

夜が長くなったのは。

――身体《からだ》に力が入っていませんか？　息を細く吐いて、脱力してみましょう。まずは首です。こわばった関節を解きほぐして。次に肩です……

枕元のスマートフォンに手を伸ばし、画面をタップして動画を停止した。

スピーカーから流れていた男性の声が止まる。『絶対に眠れる催眠動画』なんてタイトルの時点で、怪しさは満点だった。再生回数やチャンネル登録者数は意外と多かったけれど、すでにリピート再生三周目に突入している時点で、効果はお察しだ。

この数時間、僕の耳の中では、ある一つの言葉が鳴り響き続けていた。

眠れない。

もう何十日目になるだろう。布団に潜り込んでから、意識は覚醒したまま、時間だけが過ぎていく。ラジオを流しっぱなしにしても、ヒーリングミュージックに耳を傾けても、羊を千まで数えても、瞑想《めいそう》に励む修行僧のようにひたすら目を閉じ続けても、眠りの世界への入り口は一向に開かない。何もかもを諦めた朝方に、ほんの数十分ほど、微睡《まどろ》みの時間が訪れる。そして灰色の朝がやってくる。

救急車の音が、どこからともなく聞こえてきた。その警戒心を煽《あお》るような響きが、ただでさえ不安定な心を掻《か》き乱す。

いっそのこと、僕を病院に運んでいって、治療してくれないだろうか。

救急車がどこか近くで止まった。サイレンの音が消え、しんとした空気が押し寄せてきた途端、ふと冷静になる。不眠症で救急車？　バカらしい。長すぎる夜は、僕の精神を着実に蝕《むしば》んでいる。

身体はもうボロボロだ。仕事に出かけても、顔色が悪いと上司や同僚に心配されてばかりいる。いっそのこと、休職を願い出ようか。でも、一度営業の現場を離れたら、おそらく同じ部署には戻れない。これまで築いてきた顧客との関係もパーだ。第一、仕事を休んで不眠症が治る保証はない。

原因は分かっている。二か月前に、結婚を考えていた恋人に振られたことだ。まだ二十五じゃないか、女なんて星の数ほどいるよ、と周りは言う。それはそうだと自分でも思う。ただ、身体は正直だ。ストレスを受けた分だけ、悲鳴を上げ続ける。

どこかにないだろうか。

こんな僕でも一瞬で眠りにいざなわれる方法が。ラジオでもヒーリングミュージックでも羊でも催眠動画でもなく、もっと確実に効く、魔法のような――。

魔法という言葉が頭をよぎった瞬間、古い思い出が蘇《よみがえ》った。

三歳か四歳の頃だから、もう二十年以上前だ。僕が近所の公園で転んで膝を擦りむいたときに、同じ幼稚園に通う女の子が、慌てて駆けつけてきた。毛先がくるりとカールした髪をいつもツインテールにしている、目のぱっちりとした子だった。

――大丈夫？　何でも叶《かな》うおまじない、教えてあげる。ぴっこん、ぴっこん、ぴこぱこぽん。痛いの痛いの、すぐになーおれっ！

――えっ。こういうときって……痛いの痛いの飛んでいけ、じゃないの？

――違う！　ぴっこん、ぴっこん、ぴこぱこぽん。このおまじないの後、叶えたいお願いを言うの。ミイちゃんとユウくんだけの秘密だよっ！

たぶん、美少女戦士のアニメか何かに触発されて彼女自身が考えた、オリジナルの魔法だったのだろう。改めて思い返すと、独特な言葉の響きに笑ってしまう。

膝を擦りむいた僕を心配してくれたミイちゃんは、僕の初恋の人となった。幼稚園を卒園するまでの間、僕は一途《いちず》に彼女を好いていた。彼女と僕の家は歩いていける距離だったけれど、小学校は別の学区だった。卒園式の日以来、一度も会っていない。

後頭部に両手を当て、改めて布団の柔らかさに身を委ねる。ゆっくりと目をつむり、笑い混じりに呟《つぶや》いた。

「ぴっこん、ぴっこん、ぴこぱこぽん。お願いです、僕はもう寝たいんだ……」

夢を見た。

幼稚園の園庭らしきだだっ広い場所に、一枚のドアがある。

どこか後ろのほうから、可愛《かわい》らしい笑い声が聞こえる。

――ねえ、おいでよ。私、ドアの向こうにいるよ！

笑い声の主に早く会いたくて、ドアノブに手を伸ばす。

そして、目が覚めた。黄土色の朝がやってきた。


二十二時過ぎに仕事から帰宅し、電子レンジで温め直した夕飯をダイニングテーブルで食べていると、ソファに座ってテレビを見ていた妹が話しかけてきた。

「お兄ちゃん、先にお風呂入れば？　今日もどうせ早く寝るんでしょ」

「ああ……うん。夜更かしすると、翌日の仕事に響くからな」

「大変だね、社会人って。あたしずーっと学生のまんまがいいなぁ。あ、今のニュース、ここの近くじゃなかった？　えー、やだー、こわーい！　あ、お風呂入りなよ」

目まぐるしく話題を変える妹に辟易《へきえき》しながら、空になった皿を流しに下げ、風呂場に向かった。両親は仲良く映画のレイトショーを観にいっているらしい。自分にも、そんな幸せな未来が果たしてやってくるのだろうか。

風呂で身体を温め、寝る支度を終えて、布団に入った。いつものように、スマートフォンのラジオアプリを立ち上げる。適当なローカル局を選ぶと、アナウンサーの淡々とした声が流れてきた。

――が衝突した事故についての続報です。目撃者の証言から、歩行者が道路に突然飛び出したと見られ、警察は自殺の可能性も視野に入れて……

自殺、か。

本当に行き詰まったら、その選択もありなのかもしれない。仕事でもろくに成績を上げられない。悲しませる恋人もいない。家族に迷惑をかけないように死ぬ方法は、何かないだろうか。

思考が黒く染まりそうになる中、あのへんてこな響きが、ふと耳に蘇った。

そうだ。ラジオなんかじゃなかった。昨夜無事に眠りにつくきっかけとなったのは、確か――。

「ぴっこん、ぴっこん、ぴこぱこぽん。今夜こそ、朝までぐっすり眠らせて……」

また、夢を見た。

だだっ広い場所にドアがある。後ろのほうで、女の子の笑い声がしている。

――おいでよ、おいでよ。早くドアを開けて！

ドアノブを捻《ひね》る。今日はちゃんと開いた。だが目の前には、別のドアがあった。

女の子の姿はない。楽しげな声だけが、絶え間なく聞こえている。

そのドアを押し開ける。またドアだ。同じ光景が繰り返される。延々と、どこまでも。

長い、長い夢だった。

クリーム色の朝がやってきた。


「――というわけで、何度も同じような夢を見るうちに、不眠症が治ったんですよ」

職場の近くにある、手頃なイタリアンレストラン。千円ランチのピザを瞬《また》く間にたいらげた部署の先輩が、さっきからなぜか顔をしかめていた。

「その夢、めちゃくちゃホラーだな」

「ホラー？　何でですか？」

「だって、ドアがどこまでも続いてるんだろ？　普通に怖いって！　たぶんだけどさ、その向こうは黄泉《よみ》の国だったんだよ。お前は幽霊か何かに呼ばれてたんだ。こっちにおいでー、こっちにおいでー、ってさ。心が弱ってたところに、付け入られたんだよ」

「えっ、いや、そんな……」

「あーあ、お前がドアの向こうに辿《たど》りつかなくて、本当によかった。顔色もだいぶよくなったし、もう大丈夫だな。今日は俺がおごるから、いっそう元気出せよっ！」

先輩が、ピザの油のついた手で僕の肩を叩《たた》こうとし、「おっと！」とおどけた仕草でお手拭きを取り上げた。顔を見合わせて、二人して笑う。

彼の言うとおりだ。僕は、もう大丈夫。夜はしっかり眠れるようになったし、日中は集中して働けるようになった。自殺なんて、もう考えたりしない。


先輩の話が一部的中していたと知ったのは、それから数日後のことだった。

「ねえ、ユウ。この間、二十代の女性がトラックに轢《ひ》かれた事故が、近くの交差点であったじゃない？　亡くなった方、草野美衣子《くさのみいこ》さんっていうらしいけど……もしかして、ユウと幼稚園で同じクラスだった子じゃないかしら。覚えてる？」

母に話しかけられてからというもの、口に無理やり流し込んだ夕飯は、まったく味がしなかった。

あの夜、どこか近くで止まった救急車の音。翌日、テレビやラジオで流れていたローカルニュース。ふと思い出したおまじない。

報道によると、草野美衣子は衝動的にトラックの目の前に飛び出したのだという。彼女は高校生の頃にいじめを受けたのがきっかけで、長年鬱病を患い、就職もせずに家に引きこもっていた。そんなことを、直線距離にして数百メートルのところに住んでいる僕は、これっぽっちも知らなかった。

先輩の言うとおり、彼女は僕を、黄泉の国へと道連れにしようとしたのだろうか。

いや、違う——と、僕は思う。

だって、楽しげな少女の声は、常に僕の後ろから聞こえていたのだから。

鬱病と不眠症は相関関係がきわめて強い、とインターネットの記事で読んだ。

かつて天真爛漫《てんしんらんまん》な少女だったあの子は、同じ不眠症で悩む僕を、どうにかして眠りの世界に導いてくれようとしたのではないか。——ドアを開けるごとに、深く、深く、奥へ奥へと。

ねえ、ユウくん。

あのおまじないを思い出してくれてありがとう。

成仏する前に、ちゃんと責任を持って、願いを叶えてあげる。

だから……こっちには来ないで。私の分まで、ちゃんと前に進んでいってね。

寝る前の束《つか》の間のひとときに、今日も僕は唱える。

ぴっこん、ぴっこん、ぴこぱこぽん——。

やがて、心地よい眠りが訪れる。頬を伝う、一筋の涙とともに。

午前零時のミステリ談義　喜多喜久

初出『３分で読める！　眠れない夜に読む心ほぐれる物語』
(宝島社文庫)

まもなく、時刻は午前零時を迎えようとしている。

部屋は静まりかえり、古い振り子時計が時を刻む音だけが響いていた。

眠りにつく前のこの時間を、私はいつも推理小説を読んで過ごす。物語にはさして興味はない。読む際に意識するのは、ミステリ的な仕掛けのことだけだ。どんなトリックが使われているのか。犯人は誰なのか。作者は読者をどう欺《あざむ》こうとしているのか。そういう観点で本を読み進める。

注意深く文字を目で追っていると、微《かす》かな物音が聞こえた。

私が本を机に伏せると同時に、ドアがノックされる。私は立ち上がり、駆け寄ってドアを開けた。

薄暗い廊下に、一人の少女が佇《たたず》んでいた。不安そうな眼差《まなざ》しでこちらを見上げる、あどけない顔立ち。私が使用人として仕えている、この屋敷の現在の主だ。

「どうされましたか、お嬢様」

「……まだ起きていた？」

「ええ、いつものように本を読んでいました」

「そう……」と彼女が恥ずかしげに目を伏せる。「私は……ちょっと、眠れなくて」

「また、小説のことを考えていらしたのですか」

私が尋ねると、彼女は小さく頷《うなず》いた。

「……眠ろうとしていたのだけれど、一度考え始めると止まらなくて……」

そこで彼女がくしゃみをする。今の彼女は、寝間着にスリッパという格好だ。「ここは寒うございます。お部屋の方に参りましょうか」と私は言った。

「……また、話を聞いてくれる？」

祈るように胸の前で手を合わせ、彼女が上目遣いに訊《き》く。「無論です」と私は答え、ドアを閉めて廊下に出た。

赤いカーペットの敷かれた廊下がまっすぐに延びている。この屋敷は三階建てだが、今は二階部分しか使っていない。私とお嬢様しか住んでいないからだ。

彼女の母親は、お嬢様がまだ幼い頃に流行《はや》り病で亡くなった。父親は二年前に、この屋敷の自室で命を絶った。その後、莫大な遺産のほとんどを親戚たちがむしり取り、彼女にはこの屋敷だけがあてがわれた。十人以上いた使用人たちを雇うだけの余裕はなくなり、私だけが残った。

私は隣を歩くお嬢様をちらりと見た。少しうねった長い黒髪と、蒼白《あおじろ》い肌。彼女は十五歳だが、背格好は十歳くらいにしか見えない。お嬢様は昔から体が弱く、学校に通うこともなく、ひたすらこの屋敷の中で暮らしてきた。友達どころか、私以外には知り合いさえいない。

無言のまま廊下を進み、やがてお嬢様の部屋に到着する。室内の明かりは消えていて、ベッドの脇のテーブルに置かれたランプが橙色《だいだいいろ》の光で辺りを照らしていた。

「今、明かりをつけるわね」

「いえ、このままベッドにお入りください」と私は言った。「冷えた体を温めなければいけません」

「……いいの？」

ええ、と私は答えた。こうして夜更けに彼女の部屋に来るのは、よくあることだ。そのたびに私は、彼女が眠るまで見守る役目を果たしてきた。

「じゃあ……」と彼女がゆっくりとベッドに向かう。天蓋の付いた、大人三人が寝そべってもまだ余裕のある立派なベッドだ。

私は室内にあった木の椅子をベッドの脇に置き、いつものようにそこに座った。お嬢様はベッドに横になると、顎に触れるところまで布団を引き上げた。

私はランプの明かりを消した。室内に闇が訪れる。

しばらくして目が慣れてくると、お嬢様の視線に気づいた。彼女は恥ずかしそうに私を見つめている。「何を悩まれておられるのですか」と私は尋ねた。

「密室トリックを考えたのだけれど、なんというか、もっと派手というか、読んだ人がアッと驚くような形にできないかと思って……」

「お考えになったのは、どのようなトリックでしょうか」

「応接間のようなところで、人が亡くなっているの。部屋には内側から鍵が掛かっていて、誰も出入りできない状態。それで、犯人は部屋に以前から置かれていたソファーの中に潜んでいるというトリックなの。背板が外れて、そこの空間に隠れられるように改造されていたのよ」

「死体が発見された時には、まだソファーの中に隠れていたということでしょうか。その場合、いつ外に出るかが問題になります」

「発見時のどさくさに紛れて……というのはよくないかしら」

「駄目ではありませんが、偶然に頼りすぎているきらいはありますね。それよりは共犯者の手助けによって脱出する、という方がよろしいでしょう」

「……そうね。その方が現実味があるわね」とお嬢様がまばたきをする。

「あとは、隠れる場所もひと捻《ひね》りあるとなおよいかと」

「例えばどのようなものがあるかしら」

「等身大の人形が何体も飾られた部屋で死体が見つかる、というのはいかがでしょうか」と私は思いついた光景を口にした。「人形の中に潜むのです」

「ああ、それは驚きに繋《つな》がるわね。……他の部屋にも人形がたくさんある屋敷、という設定にすれば、物語の舞台としても魅力的になりそうね」お嬢様はそう言って、ふうっとため息をついた。「……やっぱり相談してよかった」

「お役に立てましたでしょうか」

「ええ。あなたの発想にはいつも舌を巻くわ」

「……門前の小僧習わぬ経を読む、と言いますから」と私は微笑《ほほえ》んだ。

私の父はミステリ作家だった。客観的な意見を聞きたいと言って、父は家族の前でトリックを説明し、粗《あら》を探させた。気づいたことを私が指摘すると、「それは盲点だった」と父は嬉《うれ》しそうに修正作業に取り掛かったものだ。

そんな父曰《いわ》く、私には『名探偵』の才能があるのだそうだ。限られた手掛かりを組み合わせ、矛盾のない推理を導き出すことに長《た》けているらしい。

また別のある時には、父はこんなことも言っていた。

「もしお前が犯人だったとしたら、探偵はきっと苦労するだろう」と……。

父の言葉を振り返っていた私は、お嬢様が黙り込んでいることに気づいた。見ると、その目が潤んでいる。

「お嬢様、いかがなさいましたか」

「……ごめんなさい。凶器のことを考えていたら、なんだか怖くなってしまって」

その言葉に、私は心痛を覚えた。

お嬢様が布団から手を出し、私の方に差し伸べる。

「少しの間だけ、握っていてほしいの」

私は彼女の手をそっと包み込み、「もう、ミステリをお書きになるのをおやめになっては」と提案した。

「まあ、どうしてそんなことを言うのです」

「怖い思いをしてまで血なまぐさい話にこだわるのではなく、より自由な発想でお嬢様らしいお話をお書きになってはいかがでしょうか」

お嬢様は昨年、小説家としての活動を始めた。すでに二冊の長編を上梓《じょうし》し、あちこちの出版社から執筆依頼が届いている。編集者とのやり取りは私が担当しており、作者がわずか十五歳の少女であることは伏せている。作品そのものが読者に受け入れられているのだ。私は子供の頃から数多くの小説を読んできた。その経験から、贔屓《ひいき》なしに、お嬢様には文才があると確信している。それは間違いなく、推理小説以外の分野でも発揮されるはずだ。

お嬢様は目を閉じて黙っている。手が温かくなっていた。

もう眠ったのだろうか、と思ったところで、「……私は、あなたのようになりたいのです」と彼女が呟《つぶや》いた。

「……私は小説家ではありませんが」

「それでも、誰よりもミステリに詳しいではありませんか。私も、読者を悩ませ、そして楽しませるトリックを生み出したいのです」

「そう言っていただけることは非常に光栄ですが、すでにお嬢様は充分に優秀な作り手でいらっしゃいます。私が保証いたします」

「……ありがとう」

お嬢様がまぶたを持ち上げ、「おやすみなさい」と微笑む。

「おやすみなさいませ、お嬢様」

彼女が再び目を閉じる。やがて、愛らしい寝息が聞こえ始めた。

私はそっと手を放し、静かに立ち上がった。

お嬢様は私を慕ってくれている。私も、彼女の傍にいられることを望んでいる。できることならば、この関係をいつまで続けたい。だが、それは夢物語だ。彼女が私の罪に気づいたその時、すべてが終わるだろう。

この屋敷の主――彼女の父親を自殺に見せかけて殺したのは、私だ。ミステリの知識を最大限に活かした完璧なトリックで、誰にも疑われることなくやり通した。

昔の主は、誰もが尊敬する立派な人物だった。だが、妻の死が彼を大きく変えてしまった。病気がちだったお嬢様に対して異常なほどに過保護になり、部屋から出ることを完全に禁じてしまったのだ。

私は主から彼女のお世話を命じられ、教師と見張りと友人の役目をこなし続けた。推理小説の話をするとお嬢様はとても喜んだ。外に出られない彼女を不憫《ふびん》には感じていたが、仕方のないことだと受け入れ、主の指示を守っていた。

だが、幽閉が始まって数年が経った頃、主に異変が生じた。夜中にお嬢様の部屋に忍び込み、襲い掛かろうとしたのだ。お嬢様に亡き妻の面影を見つけ出し、かろうじて保たれていた心の均衡が崩れてしまったらしかった。

このままではお嬢様が危ない。彼女を守るため、そして父親の手から解放するため、私は主の殺害を決意したのだった。

私の計画は成功した。ただ一つ誤算だったのは、事件のあとも、お嬢様が屋敷から出ようとしなかったことだ。自由になった彼女は屋敷の図書室に入り浸り、推理小説に読みふけるようになった。そして、とうとう自分で小説を書くに至った。

お嬢様は聡明《そうめい》だ。日を追うごとに、ミステリの書き手として成長している。きっと、私が主を殺すのに使ったトリックも、いずれ見抜いてしまうだろう。

その日まで、彼女と共に暮らしていく。それが自分の使命だと私は考えている。

お嬢様は穏やかに眠っている。その無垢《むく》な寝顔を見ていると、心の中にふわりと切なさが溢《あふ》れた。

そろそろ自分の部屋に戻る頃合いだ。私はお嬢様の寝顔に、そっと囁《ささや》いた。

「また明日も、ミステリの話をしましょう……」

歯医者の椅子

沢木まひろ

初出『３分で読める！　眠れない夜に読む心ほぐれる物語』
（宝島社文庫）

その日は、尋常でない歯痛で目が覚めた。

鎮痛剤をのんで家を出たが、仕事場に着くころにはもう首から上全体がガンガンして、ものが考えられないほどだった。それでもなんとか午前中のアポイントをこなし、筋向いのビルに入っているデンタルクリニックへ駆けこんだ。

歯科衛生士が、私の口内を慎重に点検した。マスクの上にフェイスシールドという重装備である。二年以上続いたパンデミックが去り、最近は街中でも顔をさらして歩く人が大半になったけれど、そこは都心の医療機関ゆえ警戒を緩めないのだろう。

「虫歯ですね」

金属製の器具でコツコツされた。瞬間、広範囲に広がっていた痛みが右上の奥歯に集中し、脳天をつんざいた。

「──虫歯」気絶するかと思った。「って、こんなに痛かったですっけ」

「今回の痛みは加圧のせいではないかと」

「カアツ？」

「お口の中に歯型が残っているのと、被《かぶ》せ物もだいぶ摩耗しています。就寝中に強く噛《か》んでしまっている、つまり歯ぎしりの可能性が高いです。ご家族に指摘されたことはありませんか？」

夜は妻が隣のベッドにいるが、何も言われたことはない。ただ、心当たりは大いにあった。このところ私の睡眠の質は最悪だ。普通に寝つけこそするものの、朝になると肩や腰がガチガチに凝っている。疲れがまったく取れないどころか、起きたときが最も疲れてるという理不尽な状況なのである。

そのあと医師の診察を受け、虫歯はまだ初期なので、抗生剤で様子見と決まった。さらに、噛みしめの悪影響を防ぐマウスピースを作ることを提案された。費用は保険適用で五千円。あんな痛いのは二度とごめんだ。是非お願いしますと即答した。

「定期的に受診なさってくださいね」

型取りのトレーを口からはずしてくれながら、歯科衛生士が言った。

「歯石がけっこう硬くなってました。取れるだけ取りましたけど、放置するほど除去するのも痛いですから」

「そうします。しかし、あれですね」

私は診察台の肘掛《ひじかけ》を軽くさすった。

「この椅子はいいですね。すごく身体《からだ》にフィットしてて、歯石取りの最中なのに寝そうになりました。家に一台欲しいくらいだな」

「三百万円です」

「三百万？」

「ユニット全体の価格です。椅子だけということはできないので、ご購入の際はまず置き場所の確保が重要になります」

真面目な調子でおかしなことを言う。笑ってしまった。

「では、一週間後にはマウスピースができてますので、ご都合のいいときにいらしてください」

「ありがとうございます。ええっと」

「ナカノです」

「ナカノさん。お世話になりました」

フェイスシールド越しの目が、ふっと三日月のかたちになった。胸をしめつけた甘酸っぱさをやり過ごし、私は診察室から出た。

二週間ばかりが過ぎた日の夕方、仕事を終えて駅方面へ歩いていたら、「先輩」と声がした。

振り向くと、しなやかな立ち姿が目に飛びこんだ。すぐにわかった。同時に、そうだったのか、という驚きで思わず大声が出た。

「――中野《なかの》⁉」

「お久しぶりです」

二十年近く経《た》っているが、全然老けてない。マスクとフェイスシールドで武装していたとはいえ、なぜ気づけなかったのだろう。

「え、わかってた？　なんで黙ってたんだよ？」

「すみません、後輩に口のなか覗《のぞ》かれるってどうなのかなとか、つい考えちゃって」

近くのカフェに入った。高校で二年下だった中野。美術部の後輩。三十代も半ばを過ぎ、こんな成りゆきで再会して、賑《にぎ》わう店の片隅で差し向かいになっている。

「すごい偶然ですね。同じ駅の、しかも道挟んだビルで働いてたなんて」

「まったく。いつからあそこにいるの？」

「五年前です」

私のほうは今の法律事務所に雇われて三年になる。これまですれ違わなかったのが不思議なくらいだ。

「そうだ、マウスピースどうでした？」

取りに行った日、中野はいなかったのだ。「おかげさまで」と私は笑った。

「起きたときの気分がだいぶいいよ。それと違和感がないのに感動した。もっと幅《はば》ったいもんだと思ってたから」

「よかった」中野はミルクティーを飲んだ。

治療のときに見られてるんだから意味はない。思いつつも、結婚指輪のはまった左手をずっとテーブルの下に隠していた。高三の春から卒業まで、たった一年のことだったけれど、私は中野が好きだった。おそらく中野も私が好きだった。互いに感じていながら、ただの先輩後輩の距離を最後まで縮められなかった。

「でも本当は、何も着けないでぐっすり寝られるのが一番なんですけどね」

「そっちはどう。よく寝る？」

「寝ますよ。先輩、どこか悪いんじゃないですか」

「健診受けてるけどな」

「だったら、何か無理してるとか」

目が合った。

中野は微笑《ほほえ》んだ。どこか悲しげに。

後ろめたさに視線をそらす。そのとおりだ。私は無理をしてる。こうしてかつての思い人と相対したら、今の生活がどれだけ不自然なのか痛感してしまう。

しばしの沈黙のあとは、郷里の変わりようや同級生の近況等、あたりさわりのない話題に終始した。席を立ち、勘定は私がして、外へ出ると日がすっかり落ちていた。

中野も私も、すぐには歩きださなかった。

そっと見おろす横顔に、あのころの面影が重なった。くっきりと思いだせた。遅い午後の美術室。淡い光のなか、静かにキャンバスと向かいあう中野。

「――待っててくれないか」唐突に決意して私は言った。

中野はこちらを見返した。

「待ってくれ」言い直した。「少し時間がかかるかもしれないけど」

滲《にじ》むように緩んだまなざしに、思いが通じあったのを感じた。

非は完全に私にある。長い話し合いになることを覚悟していた。ところが妻は爪の先ほども動揺しなかった。端然と急須を傾けながら「わかった」と答えた。

「了解。お別れしましょう」

「えっ……」あっさりにも程がある対応に、私は戸惑った。

「驚かないわよ。知ってたもん、あなたがすっごく無理してるの」

私が所属する法律事務所は、妻の父親が経営している。別の事務所にいたところを破格の条件で引き抜かれ、やがて見合いをさせられた。でも、私は逆らわなかった。またとない働き口を失いたくない。何より世間並みの暮らしに身を置きたい。自分勝手な望みのために、愛してもいない女と結婚したのだ。

「助かった、早めに言ってくれて。再婚するなら二十代のうちって思ってたから」

「……すまない」

「いいよ。この一年、意外とイヤじゃなかった」妻は笑った。「あ、仕事のことなら気にしないで。お父さんにはうまく話すし」

そこまで図々しくはなれない。心から頭を下げ、離婚が認められると事務所を辞した。そのころには中野もクリニックを辞め、ひと足早く東京から出ていた。行き先は信州。縁もゆかりもない、でも秋には旨《うま》い栗《くり》や林檎《りんご》が食べられるその土地で、ふたりそれぞれに新しい職場を見つけた。

「お帰りなさい」

ドアが開けられて最初の言葉に、年甲斐もなくキュンとした。中野が探しておいてくれたマンション。今日から新しい生活が始まる。

「荷物少なかったですね。すぐ片づきましたよ」

物件案内よろしく中へ導いてもらう。玄関を入ってすぐ右が私用の書斎。その隣が洗面所とバスルーム。築二十年だそうだが、どこもかしこもきれいなものだ。

洗面台の鏡前に両刃カミソリが立ててあるのを見て、「あ」と声が出た。

「そうだ、忘れてた」

「どうしました？」

「シェーバーが壊れてさ。来る途中で新しいの買おうと思ってたんだった」

「もしかして電動派ですか？」

「うん、電動の往復駆動式派」

「そうか、僕は手でやんないと剃《そ》った気がしなくて」夕方の髭《ひげ》がうっすら伸びた自分の頬を、彼は美しい指で撫《な》でた。「駅の向こうに家電量販店ありますよ。あとで買いに行きましょう」

リビングダイニングへ進むと、サプライズが用意されていた。十一畳ほどの広さの真ん中に洒落《しゃれ》たデザインの寝椅子が据えてある。

「すごい、どうしたのこれ」

「家具屋で発見して奮発しました。どうぞ」

形状からして期待大だ。顔を見合わせて笑い、早速のっかってみる。うおー、と思った。予想をはるかに上回るフィット感ではないか。

「いいな、ここで歯石取ってよ。そしたら歯医者行かないで済むじゃん」

「それはだめです」

優しく睨《にら》まれ、またキュンとする。嬉しくて、長距離移動の疲れさえ心地よくて、脱力しながら両目を閉じた。

「ほらーまだ寝ないで。夕飯の買い物もあるんですから」

ああ……幸せ。

今夜はよく眠れそうだ。

十二支のネコ　上甲宣之

初出『5分で読める！　ひと駅ストーリー　猫の物語』（宝島社文庫）

大型台風が上陸したにもかかわらず、店の中は平穏だった。閉店間際のネコカフェに客の姿はすでになく、さまざまな種類のネコたちが箱の中に入って丸くなったり、積んだ雑誌の上にちょこんと座って寝息を立てたりしている。ネコたちの表情は嵐などこ吹く風といったところだ。そんななか、店員である鮫島《さめじま》みのりの足をわざと踏むように一匹のネコが通り過ぎた、コーギー犬を思わせる胴の長い体型に、短い足をしたマンチカンだ。そのマンチカンに向かって、垂れ耳のスコティッシュフォールドが跳躍し、体当たりをする。その拍子に引っかかったネコじゃらしがぴくりと動いた。二匹は同時に反応し、糸の先にくくり付けられているネズミの玩具に飛びついた。

「ほんと二人は仲良しね」そう語りかけながら、みのりはネコじゃらしを奪い取った。

「ネコは……ネズミを追いかける。ネズミにだまされたせいで、十二支の動物の中に入れなかったことを、今でも怒っているのかしらね」

あの有名な逸話を思い出す度《たび》、脳裏をよぎることがあった。学生時代。かつてみのりにもすごく親しかった友人がいた。

「十二支のネコはだまされた、か」

みのりが油断した隙《すき》を突いて、マンチカンがネズミの玩具を捕まえた。ネコじゃらしを奪い取ると、階段状に並べられた戸棚を身軽に駆け、キャットタワーに飛び移る。

みのりはため息をつき、立ち上がった。ふと窓の外に目をやると、突風で街路樹が大きく揺れ、叩きつけるような激しい雨が降り続いている。切り立った無数の崖を抜けた先にできた、海岸に近い新興住宅地の放つ街明かりが霧のようにかすんでいた。

視線を移すと、窓ガラスに反射する少しやつれた自分の顔が映っている。

その時、ヘッドライトを点灯した車が近づき、ネコカフェがあるビルの前で急ブレーキをかけた。慌てた様子で店に姿を見せたのはみのりと同じくらい、つまり二十代中頃の女性であった。みのりの顔を見た途端、女性は顔色を変え、驚きの声を発した。

「み、みのり？　なんでここに」

「……眉美《まゆみ》」

不意の来客の足元を、仲良しコンビのネコたちが駆け抜けていく。現れた女性はかつての親友、浜谷《はまたに》眉美であった。整った顔立ちで、長い髪を高い位置で結い上げている。そのことが彼女の印象を若く活発に見せていた。

「久しぶり。もう閉店の時間よ。その様子じゃネコが目的で来たんじゃなさそうね」

みのりの声で、はっと我に返ったようにまばたきを繰り返し、眉美は切り出した。

「実は……。旦那が行方不明なの。陽市《よういち》が」

「……いなくなったって、いつから」

眉美は靴を脱ぐとスリッパも履かずに上がり込み、堰《せき》を切ったように話し始めた。

「三日前よ。職場にも勝手に休職届けを出していて、まったく連絡がつかないの。メールしても返事がないし、スマホにかけても電源が入っていなくて」

「警察に捜索願は？」

「ちゃんと聞いてもらえなかったわ。休職届けを出しているなら、事件性はないんじゃないかって決めつけられて。でも心配なの。何か事件に巻き込まれたんじゃないかって。彼の持ち物を調べてたら、ここを利用したレシートがあって、来たってわけ」

浜谷陽市は、みのりの初恋相手であり、そんなみのりと陽市の間を取り持ってくれたのが眉美だった。出会ってすぐ意気投合したみのりと陽市だったが、奥手《おくて》だったみのりのため、デートの際は眉美が常に加わり、三人で会うことが当時は当たり前になっていた。みのりは眉美のことも陽市のことも大好きだった。しかし、そんな関係が終わりを迎えたのは、突然に決まった陽市の海外留学が原因だった。みのりは何も聞かされていなかった。眉美に出発の日を教えてもらって空港まで見送りに行ったのだが、陽市を乗せた飛行機はすでに発《た》った後だった。その時になってみのりは、この恋が自分の一方的な片思いだったことを痛感した。

「みのりの魅力に気付かないなんて、あいつはどうかしてる。アメリカへでもどこでも行っちまえばいいんだ。あたしが男なら、みのりを抱きしめて離しゃしないよ」

心配して空港に駆けつけてくれた眉美は、泣きながらみのりを励ましてくれたものだ。眉美の言葉がなければ、いつまでも失恋を引きずっていただろう。今の夫と出会って結婚し、こうした穏やかな暮らしを手に入れることもなかったかもしれない。

眉美が陽市と結婚し、この町にある新興住宅地で暮らし始めたと噂《うわさ》で聞いたのはそれから数年後のことだった。卒業後は顔を合わせる機会も減り、疎遠《そえん》になっていた。

「ねぇ、陽市はどこ？」

「ここ最近、お店には来ていないわ」

「ウソ。みのりがここにいるなんて偶然とは思えない。あんた今でも陽市の――」

眉美が最後まで言い終わる前に、みのりはかぶりを振って、左手の薬指に輝く指輪を見せた。眉美が喉を詰まらせ、言葉を飲み込む。少し冷静さを取り戻すと唇を嚙み、

「ごめん、つい」と伏し目がちになって、そうつぶやいた。

「彼がいなくなってしまったことに心当たりは？」

「あのね、あの」眉美は表情を陰らせ、たどたどしい口調で返答した。

「実は、ずっと……。あんたに、話さなきゃいけなかったことが……あったのよ」

「いきなり何よ？　あらたまって」

「空港での最後の見送りの時……あたし」口ごもり、切り出す。

「だました……の、あんたを」

「え？」

「彼が出発する日を……わざと、一日遅く……伝えてしまったのよ。ごめんなさい。

三人で一緒にいるうちに、あたしも陽市のことがすごく気になり出して。ああでもしなければ、あんたたちはきっと……。だから、みのりをだましてしまったの。彼には『あの子は陽市には興味がない。お別れにも来ないんだから二人きりで会おうとしなかった理由もはっきりしたはず。もうあきらめた方がいい』って……出発当日に」

店内は静まり返っていた。先ほどまで遊び回っていたスコティッシュフォールドは舌を出したまま熟睡している。眉美は気まずそうに雨足の強まる窓辺へと移動した。

「今までずっと、あんたや陽市をだましてきた罪悪感に苦しめられてきた。二か月前うっかり彼の前で、空港でのことを、口を滑らせてしまって……ウソをついていたことを……告白したの。でも、それから……関係がぎくしゃくし始めて。たぶんそのせいで陽市は失踪したのよ……。このまま彼が去ってしまったらあたし……。ああどうしよう。このまま陽市がいなくなってしまうなんて耐えられない」

「………」

「今さら謝って済むことじゃないってわかってる。どれだけ身勝手な話なんだと、自分でも思うわ。けど、それでも……私には陽市が必要なの。みのりなら」

突然、鳴き声が上がった。スーパーのビニール袋の中に潜《もぐ》り込んだマンチカンが、持ち手に引っかかってもがいている。しかし、ネコはなんとか自力で逃げ出した。

「ここから、やり直したいのよ。ねぇ……。みのりは彼のいるところを知っているんじゃない？　何か聞かされてるんじゃないの？　どうかお願いだから教えて……」

ずっと口をつぐんできたみのりは深いため息をつくと、すり寄ってきたマンチカンの背中を撫でながら返答した。

「ネズミは、確かにネコをだました……。だけど私、ずっと思っていたの。ネコは最初から十二支に入ることになんて、興味なかったはずだって」

さらにスマホを取り出してネコの姿を撮影し、画面を操作しながら言葉を補足する。

「だからわざわざ、だます必要なんてなかったのよ。このマンチカンのように、ネコは自由気ままなもの。私だってそうよ。眉美が小芝居打たなくたって、遠距離恋愛なんて続けられやしなかった。何年も何年も悩んで……お馬鹿さんね」

「みのり……」

その時、眉美のスマートフォンに電話がかかってきた。相手はなんと陽市だった。

〈もしもし眉美か？　悩んだがやっぱり……俺にはおまえが必要だ。俺たちには共に積み重ねた月日がある。何物にも代えがたい大事なものだって、離れてみて気付いた。今、帰宅したところだが、こんな台風の中どこにいるんだ？　早く帰ってこいよ〉

電話を切った眉美は、その場に崩れ落ち、泣き崩れた。

「やだもう。一人で大騒ぎして……バカみたい」

「さては旦那様からのラブコールね」

「からかわないでよ、みのりったら。でも、まぁそんなとこ。帰んなきゃ」

「待って。そんなひどい顔で戻るつもり？　彼を心配させちゃうわよ」

眉美の充血した目を見て、みのりは引き出しから取り出した目薬を貸した。

「閉店前だったから、空気清浄器を消していたの。猫の毛のアレルギー用だけど」

「……ありがとう。それから本当にごめんね」

「もういいから」みのりは左手の薬指を眺めながら、応じた。

「こっちも実は今、いろいろあって……ね。離婚するかもしれない。だからね、眉美たちのことは応援したいの。私のぶんまでどうか頑張って！」

「みのりも大変だったんだね。今度はあたしが話を聞くわ。きっと力になるから」

眉美は目薬をしっかり両目に差すと、元気を取り戻して店の外へと消えた。ますます強まる暴風雨の中、車に乗り込み、陽市が待っている新興住宅地に向かって急いで走り始める。みのりはネコと一緒に窓から手を振って、車が走り去るのを見送った。

そうしておもむろに先ほどネコを撮影したスマホを取り出し、電話をかける。

〈もしもし？〉受話器の向こうで、陽市が答えると、早口気味にまくし立てた。

〈みのりからの画像メール、来たよ。読んですぐ眉美に電話をかけた〉

〈うん。いいタイミングだったわ〉

〈ずっと眉美にだまされていたんだ。俺だって、あいつへの気持ちが冷《さ》めても仕方な

いだろ。でもそのおかげで、みのりちゃんに再会できたんだから〉

実はみのりは、眉美にだまされたことを知っていた。二か月前みのりを探してこのネコカフェを突き止めた陽市が、真相を話してくれていたからだ。

「ネズミがだまさなくても、ネコは十二支なんて、はなから興味なかったのよ」

遠のいていく車を目で追いながら、みのりは通話を終え、言葉を続けた。

「だってネコが本気だったら、その場でネズミを仕留めれば良かっただけだもの」

言い捨てて、眉美に貸した目薬をゴミ箱に捨てる。それは眼科での検査に用いられる瞳孔《どうこう》を開く散瞳薬《さんどうやく》だった。これを差すと、やがて対光反射が消失して瞳孔が散大する。そのためまぶしくなり、ピント合わせをする筋肉も麻痺して視界がぼやけるのだ。

「私の離婚に必要な〝慰謝料〟の問題も、これで解決できるかもしれない」

崖の途中には大きなカーブがあり、街灯が突然現れたように周りを照らしている。普段ならどうということはないが、散瞳薬を差した目には強烈な閃光になるはずだ。

「今回失敗しても、いずれいなくなってもらう。死亡保険金――。ネズミの命の金額なんて、たかがしれているけどね」

眉美の運転する車が崖の向こう側に消えてしまうと、みのりは舌なめずりするネコのように目を細め、わざとスイッチを切っておいた空気清浄器を撫でながら媚笑《わら》った。

バニラ

林由美子

初出『５分で読める！　ひと駅ストーリー　食の話』（宝島社文庫）

プリクラの取り出し口からつまみとった写真には、双子《ふたご》のような朋夏《ともか》と真理《まり》が写っていた。その頭上には『永久不滅！』の文字が入れてある。

「これ傑作じゃない？」写真を見せた朋夏の手元を真理が覗き込むと、朋夏は鼻先にバニラの香りを感じた。お菓子作りが趣味の真理からはいつもその匂いがする。

「ほんとの双子みたい」真理はそう笑ったが、朋夏に寄りかかる彼女は妹のようにも見え、実際、真理はトイレに行くにも朋夏と行動を共にしたがる幼さがあった。

大学での四限を終えたあと、二人はこうして写真を撮る。いま二人はヘアメイクに服も靴も揃いにする双子コーデに熱をあげていた。バイト先以外、二人はいつでも一緒の毎日で、帰宅してから寝るまでも延々とメールが続き、朝起きてまたその続きが始まる。終わりはない。眠いだの腹が減っただのの他愛ないつぶやきから悩みや悪口まで打ち明けられる友達同士であり、二人は一卵性仲良しを自負している。

「あ、そうだ。昨夜つくったブラウニーもってきたよ」

プリクラ写真を二つに切り分けそれぞれが財布にしまうと、真理は小さなラッピング袋をリュックからだした。真理はしばしば、家でつくった菓子をもってくる。食べるのが専門の朋夏は最近やや体重増なのを気にしていたが、「やった、ありがと」とそれを受けとると、さっそくモールのリボンをほどいてなかのチョコ菓子を口に入れた。アーモンドダイスの食感と香ばしさが濃厚なチョコ生地を引き立てていた。

「うーん、おいしい、しあわせっ」朋夏は決して大袈裟でなく言った。朋夏が幸せと感じるラインはささやかで、対する真理も「よかったあ」と破顔した。

そしてそのあと二人は新しくできた雑貨店をひやかすのだが、夕方のバイトの時間が近づくと真理はしきりに「あー今日のバイトめんどう」と口にし始めた。アイスクリーム店で店員をする真理はしばしばバイトを面倒がるが、回転寿司店で働く朋夏はその時間を億劫《おっくう》に思いはしなかった。なぜなら同じ学生バイトの佑磨《ゆうま》に片思いをしていたからだ。佑磨は仕事ができた。少なくとも朋夏の日にはそう映っていた。どんなに忙しいときでも決して焦ったり不機嫌にならない落ち着きに魅力を感じていた。

「真理もさあ、バイト先に好きな人できると仕事楽しくなるよお」そんなことを言いながら、夕方、朋夏は真理と別れ、二人はそれぞれのバイト先に向かった。

だがこの日、ブラウニーがおいしかった以上の幸せが朋夏に訪れた。バイト帰りの駅までの道、一緒になった佑磨から告白されたのだ。土曜日のシフトについて尋ねられたあと、ふいのことだった。しどろもどろながら朋夏は頷き、佑磨も照れくさそうで、そのまま別れがたく駅で長く立ち話になった。

途中、何度も朋夏のポケットのなかのスマホが震えた。きっと真理からの着信メールに違いなかったが、両想いになったいま、朋夏はそれどころではなかった。半年も好きでい続けた相手である。だから彼から土曜日に映画に誘われると、真理とセールに行く先約があったものの、真理に断りもなくその誘いに応じていた。

時間が過ぎるのは早く、彼氏に自宅まで送ってもらうのは朋夏にとって初めての経験だった。真理といるときのように会話が途切れないわけではなかったが、そばにいるだけでときめく感情は女同士にはないもので、家に帰った朋夏はすぐさまこの興奮を真理に報告しようと、スマホのメールアプリを開いた。

すでに真理からのメールがたくさん来ていた。『クッキー焼いてるよー』やら『いま半身浴』など、また天板にクッキーが並んだ画像もあった。朋夏はそれらにひとまず『おいしそー!』と返してから、『大事件が起きた!』と今夜のあらましを知らせた。

真理からの返信はすぐだった。『えーーー! なにそれ!』真理は絵文字とスタンプ画像を満載に恋の成就を祝福し、土曜日のセールに行けなくなったことにも『そんなの初デート優先でいいに決まってるじゃん』と、ハートの絵文字をつけて理解を示してくれた。

そうしたのろけ話が長く続くなかだった。ふいに佑磨からのメールが舞い込んだ。どの映画を見に行こうか、ご丁寧にも候補作の公式URLが添付してあった。あれこれ考えてくれたのだろう。うれしくなった朋夏がそのうちの一本の映画監督が好きだと伝えると、佑磨も同じだと返信がきて、さきほどまではどこか照れくさかったのにメールだと話が盛りあがった。

そのあいだ、真理から『明日の服、どうするー？』やラッピングしたクッキーの画像が送られてきたが、返信はつい後回しになり、佑磨とのメールに区切りがついたのは夜中の三時だった。そうなると真理へ返信しようにも眠さが勝り、朋夏は佑磨との新しい関係に夢見心地のまま目を閉じたのだった。

「ごめんごめん、昨夜は佑磨と盛りあがっちゃって、そのまま寝ちゃった」

翌日学校で会った真理に朋夏は両手を合わせた。朝も寝過ごしたので、今日の二人は服も靴も別々だった。

「そんなことだろうと思ってた、いきなりラブラブだねえ」

講義が始まると二人でいつものように隣同士の席に座り、真理は昨夜焼いたというチョコチップクッキーの袋を朋夏のまえに滑らせた。

「かわいい。サンキュー」朋夏はピンクの小袋を鞄に忍ばせたものの、やや困った。佑磨と映画の次はプールに行こうとなっており、ここのところ体重が増えていたので甘いものを抜こうと心に決めていた。突貫のダイエットにさしたる効果はないだろうが、義理立てで甘い菓子を食べるのは気が進まなかった。と、そこへ真理が言った。

「ねえ、セールだけど来週の日曜までやってるみたい。次の土曜日は行ける？」

「あー……ごめん。佑磨とプールに行く約束しちゃった」

「そっかあ。じゃ、明日は二限だけだし、ちょっとお店のぞいてこっか」

「ごめん、明日もバイトまえにその、スニーカー一緒に見に行くことになってて」

「そうなんだ」真理は笑った。「彼氏できて忙しくなっちゃってもたまには遊んでよ〜」

「そんなの当たり前だよ、ほんとにごめん」朋夏は「ごめん」ばかりを言っていた。

思えば、バイト以外で真理に予定を合わせられないことなどほとんどなかったのだ。

だが、こういったやりとりはこれで終わらなかった。土曜日は毎週のように佑磨との予定が入り、日曜はバイトだった。さらには佑磨と電話で話す時間が増え、真理と延々とメールをしてもいられなくなった。

そのたびに朋夏は真理に「ごめん」を繰り返すのだが、どこかでそれが煩《わずら》わしくなっていった。誘いを断るにつれ、真理の表情があからさまに曇ってゆくからだ。

そうして真理はある日怒った。土曜の夜から真理の家に泊まりにいくのを直前になって朋夏が断ったのが原因だった。明けての月曜日、学食で真理は不機嫌に言った。

「守れない約束なら、最初からしないでよ」

「ごめん……佑磨と飲みにいったら、気持ち悪くなっちゃって」

「予定があるのにそこまで飲まなくてもいいでしょ。それに最近、彼優先ばっかりだし、メールの返信も遅いし。急ぎのときだってあるんだから」

服のコーディネートやタルトがうまく焼けたという話が急ぎだというのか。思っても朋夏は口にしなかった。ドタキャンは少なくとも自分が悪い。しかし、彼ができてつきあいが悪くなるのはそんなにもいけないのだろうか。友達なら察してほしかった。その場でも「ごめんね」で話を終わらせた朋夏だったが、わだかまりは残った。ぎくしゃくとした。佑磨の話をしても真理がよく思わない気がして、当たり障《さわ》りのない喋りをしようとすると話が弾《はず》まなかった。

この空気をどう感じているのか、真理は毎日のように家で菓子を焼いてきた。

「ありがと〜」喜びながらも朋夏はつい食べたふりをするようになった。佑磨とプールに行ってから、より太るのを気にしていた。真理はあれこれ菓子を渡してくるが、朋夏の鞄の底には三つ四つと、もらったまま押し込んだラッピング袋がたまってゆく。

それともうひとつ。朋夏は真理とのペアルックも解消したかった。真理と二人で一組のかわいさを求めるより、佑磨にいいねと言われる服を選びたかった。でも「もう双子コーデやめない?」のひと言が簡単に言えなかった。余計に関係がぎくしゃくしそうに思え、そんな煩わしさや縛りが次第に重く感じられた。

朋夏が佑磨といる時間が増えたぶん、真理は時間を持て余すのか菓子作りに余念がなく、朋夏は手製のクッキーをもらっては鞄に入れたままにした。クッキー一個で太るもなにもなかったが、相手の都合を考えない押しつけの菓子が真理の鈍感さを象徴しているようで受けつけなかったのだ。そういうことが続いたある日だった。

「今日もクッキー焼いてきた。どーぞ」ブルーのラッピングをした菓子を差しだす真理の指先に絆創膏が巻いてあった。

「どうしたの、その手」

尋ねる朋夏に真理は指先を隠すように手を合わせた。

「かるーい火傷《やけど》。熱いの触っちゃったの」と、真理は遠慮がちに続けた。「昨日のクッキーどうだった？　あの、うまく焼けてた？」

「あ、うん」ふいのことだったので朋夏は口ごもった。「おいしかった」

だがそこで真理はうつむいた。「砂糖と塩、間違えたんだけど」

「え？」朋夏は慌てた。

そんな朋夏を真理は残念そうに見据える。「ほんとうは食べてないんでしょ」

「そんなこと……ないよ」

「うそ」

「ほんとだって。おいしかった」朋夏はどうにか取り繕《つくろ》おうとした。真理に煩わしさを感じているからといって、真理という友人を失いたいわけではなかった。

「そっか。だったらいいけど」そう言いつつも真理はすべて見透かしているのか、講義が終わると同時に、朋夏を残し黙って席を離れた。

怒らせてしまっただろうか。閑散とした教室で、朋夏はため息をつきつつも真理が置いていったラッピング袋の紐を解く。

半月型のクッキーがひとつ入っていた。罪悪感から朋夏はそれをかじる。

すると、なかから小さな紙片がでてきた。『佑磨と幸せになってね!』そうある。

それはフォーチュンクッキーだった。

もしかして──鞄のなか、食べないままのラッピング袋を開けると、それらはすべてクッキーで、ひとつずつ割ってゆくと『ペアルックはもうやめよっか!』や『怒ってゴメン! べったりから卒業しないとねー!』など、同様に紙片が入っていた。

真理は朋夏がクッキーを食べていないのに気づきながらもメッセージを送り続けていたのだ。フォーチュンクッキーは、焼きあがった生地を熱いうちに折り曲げて紙を包むのだと聞き覚えがあった。真理の指先の絆創膏はこのためだったのだろうか。口に出せばぎこちなくなる言葉を伝えるために──?

朋夏は真理の思いが詰まったクッキーを嚙《か》んだ。

嚙むほどにバニラの風味が濃厚になり、朋夏は胸がつぶれる思いになる。

身を引きながらも真理は、バニラに願いを託《たく》していたのだろう。

永久不滅──いつか真理が教えてくれたバニラの花言葉を朋夏は覚えていた。

真理手製のクッキーは寝ても覚めても一緒だった時間を思い起こさせる。

甘く素朴で優しい味がやるせなく、真理が大事な、一番の友達であることに変わりはない。でももう、昔の二人には戻れなかった。

探偵羊ヶ丘氏の目覚め　友井羊

初出『3分で読める！　眠れない夜に読む心ほぐれる物語』
（宝島社文庫）

目覚めてすぐ、全身が動かないことに気づく。私は仰向《あおむ》けで、視界には天井が見えた。照明の形状や天井板の柄から真倉《まくら》邸の一室だと思われた。

腕を上げようと試みるが、布団を一センチも動かせない。雲のように軽かった羽毛布団を拘束具のように感じた。屋敷内にある寝具の羽毛は全て最高級品のアイダーダックなんだよと、依頼人の真倉れむ嬢が無邪気に自慢していたのを思い出す。

明らかに身体《からだ》の状態がおかしい。毒物を盛られたのかもしれない。首を横に動かすだけで重労働だ。壁紙に見覚えがあるが、時計や棚などは知らないものだ。真倉邸は隅々まで調査したはずだが、見落としていた部屋などあっただろうか。

声を出そうと試みて、失敗する。だが何とか舌は言うことを聞きそうだ。発声練習を繰り返しながら、私はこの状況に至った経緯を思い出していった。

私は探偵の羊ヶ丘《ひつじがおか》だ。依頼を受けて資産家鳥葬殺人の捜査を進めている最中、とある場所で後頭部を殴られた。そして目の前が暗転し、気がついたのが現状だ。

何とか声が出るようになってきた。だが不用意に叫んでも、犯人に気取《けど》られる可能性がある。私は窮地を脱する方法に頭を巡らせた。

ふいにドアが開き、れむの母親である真倉夫人が部屋に入ってきた。真倉夫人がカーテンを開けると陽光が入り込み、私は強烈な眩《まぶ》しさに目を細めた。

「やはりあなたが犯人だったのですね、真倉夫人」

声を絞り出すと、夫人が慌てた様子で振り向いた。

「羊ヶ丘さん、意識を取り戻したのですか」

夫人が意外そうに目を見開く。身体の自由を奪っている薬物は、よほど強力だったのかもしれない。だが夫人が毒に精通していた形跡などなかったことが気になった。

「一生の不覚です。殴られるまで、あなたが背後にいることに気づけませんでした」

ほんの少し喋《しゃべ》っただけで舌と喉が強張《こわば》る。意識が途切れる寸前、私は真倉夫人の姿を目撃した。必死の形相で、重そうな置き時計を両手に持っていた。

「……ご説明をお願いできますか」

夫人が震える声で私に問いかけてきた。

「わかりました」

時間を稼げば、危機を打破する方策も見つかるかもしれない。真相を突き止め、依頼人に真実を伝えなくてはならない。それが探偵としての私の務めだ。

依頼人は真倉夫人の愛娘《まなむすめ》である一四歳の少女・れむだ。

真倉家は資産家で、郊外に広大な邸宅を構えていた。そしてある日、れむの遠縁に当たり、敷地内で同居する真倉夢司《ゆめじ》氏が殺害された。夢司氏は社交的で人望が厚く、その日も邸宅の一角で豪勢なホームパーティーを催していた。

だが夢司氏は時間になっても会場に姿を現さなかった。そこで捜索したところ、真倉邸の敷地内にある湖のほとりで倒れていた。刃物による刺殺で、凶器は屋敷の厨房《ちゅうぼう》にあった庖丁《ほうちょう》で誰でも持ち出せるものだった。

遺体は浅瀬でずぶ濡《ぬ》れになっていた。湖には水鳥が放し飼いにされており、撒《ま》かれた餌が原因で遺体にカモやアヒルが群がっていた。さらに毛が抜け落ちる換毛期だったせいか羽毛が大量に散らばり、被害者の血液がべっとりと付着していた。事件は資産家鳥葬殺人と名付けられ、一躍話題になった。

事件当日、屋敷には大勢が出入りしていた。そのため住人や使用人、参加者など多数の人間にアリバイが存在しなかった。現場から指紋も出なかった。容疑者が多すぎるせいか警察は犯人を特定できず、迷宮入りになるかと思われた。そこで夢司氏を慕っていたれむが、数々の難事件を手がけた私立探偵の私に依頼をしてきたのだ。

れむは犯人を捕まえるため必死になっていた。夢司氏について語りながら泣きそうになり、手首の内側で両目をぎゅっと押さえる仕草が印象に残っている。父親から受け継いだ癖なのだと、れむがはにかみながら教えてくれた。

本来なら子供の依頼は受けない。だが熱意に根負けし、私は捜査を開始した。

私は夢司氏を偲《しの》ぶ会に紛れ込み、関係者への聞き込みを進めた。そこで真倉家を取り巻く事情を知った。れむの父は現当主とその愛人の息子で、真倉家とは無関係に育った。夫人は夫が資産家の隠し子と知らずに結婚し、二六歳でれむを授かった。

当主の正妻には子がなく、当主は正妻亡き後にれむの父を認知した。それ以降、れむたちの生活は一変する。だが屋敷に移ってからも、愛用していた家具や寝具などを手入れして使い続けるなど慎《つつ》ましい暮らしを忘れなかった。しかしれむが八歳のとき、父親が火事で死亡する。その後、真倉夫人は娘を厳しくも愛情深く育て上げた。

真倉夫人は気品高く穏やかな女性だった。顔立ちは母子そっくりで、夫人の幼少期はきっとれむと瓜《うり》二つだっただろうと想像させた。

また、れむは夢司氏を尊敬していたが、裏の顔に気づいていなかった。目的のために手段を選ばない非道さと、ギャンブル狂という別の側面があったのだ。

私は調査中、不穏な情報を入手した。当主は重病のため入院中で、死期が近いと囁《ささや》かれていた。そして当主が亡くなった場合、孫のれむが遺産を全て相続する。当主の甥《おい》の夢司氏に相続権はない。だがれむが当主より先に死亡した場合、夢司氏にも遺産が渡る。借金で追い詰められていた夢司氏は、れむの殺害を企てていたというのだ。

私は故人である夢司氏に怒りを覚えた。夢司氏の死に心を痛めたれむは眠れなくなり、何度も母親のベッドに潜り込んで泣いていたと、私は夫人から聞いていた。ベッドの件を本人の前で口を滑らせた際には、れむは顔を真っ赤にしながら「なぜか前より寝心地がいいんだよね」という奇妙な感想でとぼけていた。

夢司氏はそんないたいけな少女に殺意を向けていたのだ。

調査を進める最中、私は遺体に群がる水鳥の意味に気づいた。そして真倉夫人の部屋に忍び込み、寝具を精査した。真倉邸にある品々は全て最高級だ。客人用の寝具もアイダーダック――北極圏に生息するホンケワタガモの羽毛が使われていた。だが唯一、真倉夫人は違っていた。認知の前、夫婦で奮発して購入したという羽毛布団はアヒルの毛だった。充分な品質だが、アイダーダックに比べるとグレードは落ちる。しかし真倉夫人は思い出の品を愛用し続けていたのだ。

真倉夫人は、れむ殺害計画をどこかで知ったのだろう。犯行現場は真倉夫人の寝室だと思われた。真倉夫人の性格から考え、当初は庖丁を突きつけ警告するだけだったはずだ。だが、結果的に真倉夫人は夢司氏を刺殺した。そして格闘する際に寝具を切りつけるなどして、夢司氏は羽毛まみれになったのだ。

羽毛は吸湿性に優れ、寝汗を吸うことで快適な寝心地を与えてくれる。ナイフを抜かなければ出血はそれほど多くない。血液は羽毛に吸収され、現場に血痕が残らなかったのだと考えられた。

だが細かな毛は頭髪や衣服など全身に絡み、取り切れなくなった。鑑定すればアヒルの毛は容易に検出できる。そうすれば羽毛布団から自分の犯行だと露呈してしまう。

パーティーの時間が迫り、洗い流してから乾かすのも難しい。燃やせば証拠隠滅は可能だが、夫を火事で亡くしているため心理的に火を使うことはできなかった。

真倉夫人は人目を盗んで遺体を湖まで運び、鳥の餌と血を吸った羽毛を湖畔《こはん》にばらまいた。そして群がったアヒルたちの毛によって、羽毛布団の痕跡を紛れさせることに成功したのだ。

れむは事件後に母親の布団に潜り込んだ際、前より眠りやすいと話していた。それは真倉夫人が代わりに客人用の最高級品を使っていたからなのだ。カバーを替えれば見た目は区別がつかなくなる。

そして私は寝室の捜査中に後頭部を殴られた。あれは私が真相に迫っていたことを察知した真倉夫人の、追い詰められた末の衝動的な行動だったのだと思われた。

推理を終えた私は、身を震わせる夫人に語りかけた。

「これまで数多くの殺人者と相対してきました。その経験上、あなたは人を殺したことへの恐怖に耐えられなくなるでしょう。自首を勧めます。さもないとあなたは近いうちに自死を選ぶことになる」

捜査期間は短いが、真倉夫人の心根の優しさ、そして精神的な脆《もろ》さは感じていた。何よりもれむのために、罪を重ねてほしくなかった。

「夢司氏を殺したのも、娘を守ろうとする気持ちゆえだったはずです。れむちゃんのためにも、どうか思い直して――」

夫人が涙を浮かべ、手首の内側で両目を押さえた。その瞬間、私は大きな勘違いに気づく。邸宅をくまなく調べたはずの私が見た覚えのないこの部屋。動かない身体に、拘束具のように重たい羽毛布団。それら全てが、ある事実を示していた。

「なあ。私は何年、眠っていたんだ？」

「……二五年です」

「ありがとう、れむちゃん」

目の前にいる今にも泣きそうな女性は、真倉夫人ではない。あの可憐《かれん》なれむが二五年の年月を経《へ》て、母親そっくりの淑女に成長した姿なのだ。

「申し訳ありません。すぐにお伝えするべきでしたが、羊ヶ丘さんが母を犯人だと指摘したため、長年の答えを知りたい衝動を抑えられませんでした」

れむは私が殴られた後の出来事を教えてくれた。夫人は真実を何も告げずに屋上から飛び降り、残念ながら自ら命を絶っていた。私の見立ては正しかったのだ。

世間は真倉夫人が犯人だと噂《うわさ》したが、警察は真相を特定できなかった。遺《のこ》されたれむの気持ちは宙に浮き、孤独の中で生きることになった。

私は打ち所が悪かったのか昏睡《こんすい》したままで、責任を感じたれむは身寄りのない私を真倉家で引き取った。程なくして真倉家の当主は亡くなり、れむは遺産を使って私の介護を続けた。そして真相がわからないまま二五年の歳月が流れた。

かつて一九年の間意識を失った男性が、目覚めてすぐ母親に呼びかけたという事例を聞いたことがある。長い眠りについても、発声は意外と何とかなるらしい。

「わたしが依頼したせいで、母のせいで、羊ヶ丘さんの人生を奪ってしまった。何をしても償いきれるものではありません。本当に、ごめんなさい」

ベッド脇で膝をつき、れむが涙を流す。容姿は母親と瓜二つだが、泣きじゃくる姿は私が知る幼いれむと重なった。

「寝たきりになったのは私のミスで、れむちゃんが気に病むことじゃない。こちらこそ報告が遅くなってしまってすまなかった」

「そんな……」

私は全身全霊の力を腕に込め、れむの頬に指で触れる。衰えきった筋肉はかろうじて動いた。それはれむが長い間、世話を欠かさなかったおかげなのだろう。喉は限界に近いが、私は何とか言葉を紡ぐ。

「実のところ、私はホッとしているんだ」

「え……」

意識が目覚めなければ、依頼を終えることができなかった。探偵としての責任を果たせないことほど、私にとって恐ろしいことはない。

「君に真相を伝えられたんだ。二五年の眠りなど、大した問題じゃないさ」

私は強張った顔の筋肉に力を込め、幼かった依頼人に微笑《ほほえ》みを捧《ささ》げた。

誰にも言えない未来の物語

柊サナカ

初出『3分で読める！　誰にも言えない○○の物語』（宝島社文庫）

小学校送迎車の後部座席、高明《たかあき》は寝転んだままスマホのゲームをしていた。うまく操作できなかったのか、腹立ち紛れにクソッと毒づきつつ、ドアをどんどんと蹴飛ばしている。それでも運転手も慣れたもので、革張りの重厚なシートの外車は、何事もなかったようにするすると進んでいく。

高明は私立小学校に通う小学四年生だが、小学四年にして世の中を舐《な》めくさっていた。運転手送迎付きの通学も当たり前なら、十回分の人生を一生遊んで暮らせるような財産があるのも知っているからだ。どうせ金はあるのだ。あくせく勉強するなんてまっぴらごめん。親も甘く、注意一つできない。私立小学校への寄付金も莫大《ばくだい》で、学校の教師も高明に対して強くは出られなかった。何より、高明は教師の誰よりも家に金があることを知っていた。「しょせん何を言おうと先生は庶民だろ。俺の家とは違う」いつでもそう思っていたし、はっきりと口に出してもいた。高明は小学校四年にして、だれにも手が付けられないような、性根のねじ曲がった問題児となっていた。

「何だ……霧が……」と、運転手が呟《つぶや》いたような気がした。急ブレーキを踏んだのか、ゲーム操作の指が滑ったので「オイ！　お前クビにするぞ！」と高明は後部座席から怒鳴った。「すみません、坊ちゃま、霧が急に立ちこめてきて」身を起こして見れば、車の外は濃い霧だった。なんだ、と思っているうちに、高明の意識は薄れていった。

はっと気がつけば、まだ送迎車の中だった。身を起こすと、先程の深い霧に包まれている。「オイ宮城《みやぎ》！　宮城どこだ！」と運転手の宮城を呼びつけるが、どこにもいない。チッと舌打ちしてスマホを見るが、圏外だ。何を操作しても圏外のままだった。それにしても、ここはどこだ。霧深くて周りがよく見えない。目をこらして見れば、汚いぼろ屋の前に車が止まっている。送迎中にこんなところで勝手に停車しやがってと、また舌打ちし、宮城はもうクビだ、パパに言いつけてやる。パパは俺の言うことはなんでも聞くからなと、いまいましい思いでいる。それにしても、この俺をいつまで待たせるんだ。宮城はどこへ行ったんだと、車外に目をこらした。

その霧の中から、ぬっと中年男の顔が現れて、高明はビクッと肩を震わせた。

「おいボク、どうした？」と、コツコツ窓を叩《たた》いて男が言う。見れば歯がところどころ抜けている。汚いランニングシャツみたいなのを着ただけで、まばらな頭髪は脂ぎっており、見るだけで臭ってきそうだった。普段なら視界に入れるのも嫌だが、ここがどこくらいかは教えてもらいたい。ここは圏外、借りられたら電話を借りたい。ドアを開けたら、霧の間に、やっぱりムワッと不快な男の体臭が漂って、顔をしかめた。ここはどこだと聞いているのに、男の答えは要領を得ない。

まあ、入れ入れ、とあばら屋の中に招かれる。潔癖な高明は、帰ったらこの靴下捨てようと思いながら、仕方なくつま先で歩くようにして中に入った。

あばら屋の中は家具もなく、ぼろぼろだった。ここで電波が通じないかと、スマホを操作してみるが、やはり圏外だった。

「なんだあ、ボク、そんな旧式の。じいちゃんにもらったのか」と男が笑いかけてくる。何を言ってるんだ、これは発売されたばかりの最新式を、アメリカからチャーター機で特別に届けてもらったものだ。ど貧民は最新式のスマホも知らぬらしいと、心底軽蔑《けいべつ》した。「ここ電波通じないんですか。なら電話を貸していただけますか」

「電話……は、ないなあ……ええ？　そんなものあるわけないだろう」と男は笑った。ど貧民め。「ええと。電話か？　調べてやろうか、ちょっと待ってな」と男が言い、虚空にすっと手を滑らせた。

すると、シュイーン、という微かな音と共に、虚空に光る画面が突然出現した。

「えっ……なに……」高明は、微動だにできずに、その画面を眺めていた。

「何って、最近の子は見たことがないのかなあ。これは古い、型落ちのもんだよ」と男が言う。「え、それで住所は？」と言うので、高明がおずおず言うと、「からかっちゃいけないよ、そんな成城《せいじょう》なんて、なつかしい地名……」などと笑う。

画面を見れば、ちょうど天気予報をやっている。日本地図は日本地図だが、何かがおかしい。東京部分がまるごと大きくえぐれて、日本がちぎれそうになっている。

「何これ」「いや、日本地図だけど」

――それでは二〇七三年三月一日の天気をお知らせします――

なんだこれ。

高明は全身に変な汗をかいていた。男が止めるのも聞かず、慌ててその家を飛び出す。風が吹き、だんだんと霧が晴れてきた。高明は立ちつくす。一軒のぼろ屋の周りには、見渡す限り、一面の砂漠が広がっていた。ぐるりと一周、どこまでも続く地平線。

「どうしたんだ、急に飛び出して。危ないぞ、磁気嵐と砂嵐が来るから」

うそだ……なんでこんなことに……高明は頭を抱えた。

「ボク名前は」「高明」「高明か、俺も同じ名前だ。漢字は？」「高いに明るい」「漢字まで一緒なんてなあ。名字は？」聞いて驚け、と高明は胸を張る。「白鷺《しらさぎ》。白鷺グループの白鷺」と言う。その男はしばらく黙っていたが、いきなり後ろ向きになり、ズボンを下ろして、尻を見せた。「わっ何？」見れば、右の尻ぺたには大きなアザがある。洋梨みたいなアザだ。

「驚いたな、俺も白鷺高明なんだ。もしかして、君の尻にもこれと同じアザがあるのか。顔も、なんだか自分の幼い頃とそっくりだなって思って、声をかけたんだ」

ということは。この汚いオヤジは、俺？　未来の、二〇七三年の、俺？

「うそ……だ。……うそだ、あんたみたいなオッサンが俺のはずないっ！」

「その鞄《かばん》に入ってるのは漫画の『鬼幻《きげん》の焔《ほむら》』だろ？　最初、弱い鬼が主人公の」その通りなので、ぐっと言葉に詰まる。「教科書なんて入ってないんだ。どうせ勉強しなくても、担任の石井《いしい》先生も副担任の横田《よこた》先生も、もう何も言わなくなったからな……友達のユー林《リン》もサイコマとも、ゲームで遊んでばっかだったし」

まだ信じられなかったが、その汚いオヤジは腕をまくった。「ほら、まだ消えてないぞ、俺が小学校の時に遊びで入れた星の入れ墨。『鬼幻の焰』の真似したんだよな。これは友達にも言ってないだろ」同じように、古びた入れ墨が入っている。

「なんでだよ……俺、年取ったらこんな汚い家に住んでるの？　そんなの嘘《うそ》だ……うちはすごい金持ちの家で、代々富豪で、山ほど財産が――」

「あったよ、でもなあ……」そこで男は力なく首を横に振った。「戦争もあって、東京は吹き飛んじまうし、残った財産も根こそぎ取られた」

「何やってんだよ……」

「何やってんだよ、じゃない！」男は声を荒らげる。「それはこっちの台詞だ！　お前がもうちょっとしっかり勉強しておけば、つけ込まれなかったんだ！　世の中はなあ、バカばっかり損するようにできてるんだぞ！　財産なんてあっという間になくなったさ！　それにな、こんなになったら最後は自分の頭しか使えねえんだよ！　お前が〝無理無理無理ムーリのムリッチー〟なんて逃げ回ってたツケが今だッ！」

高明はうなだれる。〝無理無理無理ムーリのムリッチー〟は流行《はや》っているギャグで、高明の口癖のようになっていた。「予習は？」「宿題は？」「課題は？」を全部〝無理無理ムーリのムリッチー〟で返していたら、もう誰にも何も言われなくなっていた。

「じゃあ、これからどうすれば……」

「街もあるにはあるが無法地帯だ。ここで暮らすしかないだろう。水場は二キロ離れているから、汲《く》んでくるしかない。食べ物は砂に潜ったトカゲと植物の根だ。それもいつまで保《も》つかわからない。風呂はここ数年入っていない。病院にも行けないから、病気になったらそれで最後だ。そうやって俺はひとり、生き残った」

「元の時間に戻りたいよう」高明はオイオイ泣き出した。「戻りたいって、俺だって何度も思ったさ！ お前より俺が一番思ってるよ！ もう一回人生をやり直せるなら、きっと真面目にやるさ。勉強だってする。やり直せるならな！ でもそんな機会はもう来ないんだよ、人生は、たったの一回こっきりだから」

　高明はうなだれる。そのうち、はっと何かを思い出したように顔を上げた。

「そうだ、車だ……車があるから、運転していけば、水汲みだってなんとかなるかもしれない」と、高明は乗ってきた車に乗り込んでみた。「おじさん、運転できる？」

「旧型だからよくわからないな。この当時って、まだガソリンと電気のハイブリッドだろ？」運転席で操作をしてみるも、車は動かない。

「しかたない、諦めるしかないか……」そんなことを言っていると、急に霧がまた濃く立ちこめてきた。遠くからゴゴゴゴゴと重低音の地響きも聞こえてくる。

「まずいぞ、砂嵐の特大級のが来る」急にエンジンがかかったが、砂で滑るのか、全然前に進まない。するとおじさんが車を降りた。後ろから一生懸命に車を押す。

「危ないよ、乗ってよ！」

「いいんだ、お前は行け！　行って生き延びろ！」車が少しずつ前に滑り始めた。

「おじさん乗って！」車はゆっくりと進み出し――おじさんは笑って声を張り上げた。

「『鬼幻の焔』、続き読むんだろ？　あとお前の推してる青忍《あおにん》、八九話で急に死ぬからな、あんまりガッカリするなよ！」

霧の中に入って、急に何も聞こえなくなった。

「坊ちゃま、坊ちゃま」運転席から声をかけられて、ハッと我に返った。「うなされておいででしたから。大丈夫ですか」

「今っていつ」運転手の宮城は変に思ったようだが、高明の問いは絶対なので、答える。「今日ですか？　三月一日でございますが」

通りの向こうにコンビニが見える。「あのさ、今日火曜日だろ、ちょっとコンビニ寄ってよ」「ですが、坊ちゃま。学校の始業時間には間に合いますか」「いいんだ。ちょっと確かめたいことがあってさ。お願い……します」と言う。

一番に漫画の棚へ行って、雑誌の最新刊を手に取った。パラパラめくると、いきなり一番好きだったキャラクター、青忍が敵に殺される場面だった。この漫画は今日発売されたばかり。あらかじめ筋を知ることは不可能だ。やはり、夢ではない。

『鬼幻の焰』、続き読むんだろ——おじさんは、未来の自分は言っていた。高明は、『鬼幻の焰』のページを開いたまま、コンビニの床にへたり込む。

＊

急に成績も急上昇。高明の母、朋子《ともこ》は大喜びだった。高明は、やりたいことが見つかった。いろんな人の役に立ちたい、いずれは政界を目指したいと、突然、猛勉強をし始める。これも学習塾のおかげだろう。オプションを付けた甲斐があったものだ。

塾の経費はそれなりにかかったが、これだけ息子がやる気になってくれたら言うことはないと、朋子は明細を見ながら頷《うなず》いた。チャーター機代、オーストラリアの砂漠に建設した一軒家セット代、役者の手配、演技指導に特殊メイク、音響代、3Dモニター開発費、未来の番組制作料金、『鬼幻の焰』作者への心付、運転手の口止め料、麻酔担当の医師、フォグ発生装置、閏年《うるうどし》をうまく利用して、一日空白の日を作るタイムスケジュール。すべての「未来の自分プロジェクト」プロデュース料、しめてコミコミ一億二千万円。これで息子のやる気が出るというのなら、安くついたものだ。

夢女子の大いなる野望　喜多南

初出『３分で読める！　眠れない夜に読む心ほぐれる物語』
(宝島社文庫)

ふかふかの抱き枕に両腕両足をまわし、むぎゅうと抱きしめた。

「んん～、これこれ。でへへ」

アイロンビーズが詰まった愛用抱き枕は、柔らかくも弾力があって、すべすべもちもちだ。あまりの気持ちよさに頬がだらしなくゆがむ。

今日もやってきた、私にとって至福の睡眠タイムである。

抱き枕にプリントされた昴《すばる》くんのキラキラな瞳と、間近で目が合った。長年彼と寝所を共にしているけれど、彼の整った顔を見ると、毎晩のことながら照れてしまう。少しよたってはきているが、彼なしの睡眠なんてありえないのだ。

ベッドに寝そべったまま「照明を落として」と声を上げると、音声認識によって勝手に電気が消え、室内は真っ暗になった。便利な世の中になったもんだ。

暗闇と静寂に包まれて、雑事にとらわれることなく、私の脳内は昴くん一色となる。

愛用グッズでお察しかと思うが、昴くんは、私の長年の『推し』だ。

国民的アイドルグループの一員として鮮烈デビューした昴くんは顔良し、スタイル良し、性格良しと、とにかくスペックが高いイケメンだった。芸能アイドルとして活躍した期間は短く、若くして引退してしまったが、当時彼を推すファンは大勢いた。

輝きを放つ彼は、私にとってどこまでも遠い世界の存在だった。

若くして電撃引退したことで、かえって神格化され、いまだに『推し』の話題でファンは盛り上がる。推し同志で昴くんの魅力について語り出すと、白熱して止まらなくなるのだ。

ただ、私はひとりでひっそりと『推し』を堪能する派である。

最近特に好きなのは、昴くんと私がひたすらイチャイチャするだけの妄想をすることである。

そう——私はいつしか夢女子というものになっていた。

夢女子になってから数年、やがて私は究極の『推しごと』を見出した。

眠っている間に見ている夢をコントロールし、夢の中でも彼と一緒にいること。

妄想を糧《かて》として生きる私にとって、それが出来てこそ、究極の『推しごと』と言えるのではないのだろうか。

訓練すれば自分の望む夢を見ることができるようになるという話は、信ぴょう性は定かではないけれど、ずっとまことしやかに囁《ささや》かれていた。今の時代、ネットを漁《あさ》れば情報はいくらでも出てくる。

やるしかないと私は思った。

明晰夢《めいせきむ》のコントロール方法は簡単。

夢を見ている時に、これが夢であると自覚すれば良いのだ。

まずは現実と夢の区別をはっきりさせる。頬をつねる癖をつけると良い。現実で頬をつねると痛い。夢で頬をつねると痛くない。毎日夢日記をつけ、自分の見る夢の傾向を探るのも、夢を自覚するのに有効である。

今、自分は夢の中にいるのだと自覚さえできたら、妄想夢女子の本領発揮、あとはもうやりたい放題だ。

そうして私は訓練に訓練を重ねた。夢の中で『推し』といちゃいちゃしたいが為だけに。ぶっちゃけまだ成功していないが、今宵《こよい》こそは成功させたい。

……意識が少しずつぼんやりと霞《かす》んできた。

私はまどろみに身を任せ、瞼《まぶた》をおろした。

――ホテル最上階のレストランで、私と昴くんは向き合って座っていた。見下ろす夜景は、宝石のようにきらめいている。

ずっと憧れていた夢シチュエーションだった。何度妄想したか分からないくらい。グラスになみなみと注がれたワインにうっとりし、目の前で優しく微笑《ほほえ》む昴くんのイケメンっぷりにもうっとりした。

アイドルグループの一員として活躍してきた昴くんを、私はマネージャーとして長年支えてきた。もともとその輝きに惚《ほ》れこんでいたけれど、いつしかその感情は恋愛へと発展し、昴くんもまた私のことを好きだと言ってくれた。

引退した昴くんと付き合いはじめて数年。

豪華ディナーを予約してくれた昴くんは、しっかりとスーツを着込み、明らかにいつもと雰囲気が違った。私も昴くんもいい年だし、頃合いをはかっていた気配は伝わってくる。そこはかとない緊張感で、顔がムズムズし、心臓はずっと落ち着かなかった。

デザートを食べて、食後のコーヒーを堪能していた時に、それはやってきた。

昴くんがポケットにスッと手を入れ、視界の端でそれを捉えた私は身を固くした。

テーブルの上に、ことりと小さな箱が置かれる。

「結婚しよう」

彼が私に向けて、口を開いた。

真剣な眼差《まなざ》しに、息を呑《の》む。心臓が早鐘を打ちすぎて痛い。

こんなの現実なわけない、と、私は思った。

「これは夢だ」

私はそう呟《つぶや》いて、自身の頬を思い切りつねっていた。

私の突飛な行動に、昴くんは驚き、目を見開く。

「全然痛くない。やっぱり夢だ」

思い切りつねったので、片頬がじんじんして、赤くなっている。

これは夢の中で、私が想像で作り出したシチュエーションだ。夜景の見えるディナーデートでプロポーズとか、実際に夢見てる多くの女子たちの何人が現実にそんなシチュエーションに出逢《であ》えるのだろうか。ほとんどないだろう。つまり妄想。悲願の夢コントロールが、ようやく達成できたんだ。ということにした。

今こそ妄想女子の妄想力を発揮するとき！

私は強く念じた。

昴くんと一緒に行きたい場所、一緒にやりたいこと。頭の中には、まだまだ夢見てることがたくさんあるのだ。

でも、私の願い虚しく、夜景の見えるレストランからシチュエーションは変わってくれない。

「夢じゃないって」

昴くんは笑いを堪《こら》え、肩を揺すっている。

「ほんと、歩美《あゆみ》って面白いよね」

恥ずかしくなって、俯《うつむ》く。

長く付き合っているのに、私は昴くんを間近でいまだに直視できない。

彼といる時間は、常に頭がふわふわして、まるで甘い砂糖菓子に漬けられた夢の中にいるようだった。

でも、これは明晰夢じゃない。私は自身の記憶の海を漂う、レム睡眠の中にいる。これは本当にあったことだ。私は現実に、本当に、生身の昴くんと一緒にいたことを思い出していた。

私は震える指先で、小さな箱を手に取る。ぱかりと開けて、中に入った小さな指輪を見た。

決して高価なものじゃない。アイドルを引退してから、彼は苦労を重ねてきた。必死に働き、私が好きそうなディナーデートも指輪を渡すシチュエーションも、精一杯頑張って用意してくれたんだろう。

目頭が熱くなり、胸が苦しくなり、視界に映る指輪が滲《にじ》んだ。


――目を覚ますと、涙が流れていた。

昴くんがプリントされた、くたびれた抱き枕が濡《ぬ》れてしまっている。

部屋のカーテンがシャッと開けられ、差し込む光に目が眩《くら》む。

「おはよー」

逆光でよく見えないけれど、誰かが部屋に入ってきて開けたんだろう。幼い声、幼い手足から、一番幼い孫の真央《まお》かなと予想がつく。

「今日は昴くんの夢見れた？」

聞かれて、私は夢の内容を思い出す。

私は静かに首を振った。

また失敗してしまった。

夢に昴くんは現れてくれた。けれどそれは、私の記憶の一部にすぎない。

夢のコントロールなんて、本当に可能なのだろうか。

いや、諦めるわけにはいかない。

だってもう、私は夢の中でしか昴くんに会えないんだ。

芸能事務所に就職した私は、昴くんと出会った。そうしてアイドルとマネージャーの関係になって、恋人同士になって、夫婦になって、たくさん子供を産んで、たくさん孫も生まれ、人生を謳歌《おうか》した昴くんは安らかに息を引き取った。

私はひとり、残されてしまった。

「おばーちゃんって、おじーちゃんのこと、ずっと大好きなんだね」

「そうだよ。私の長年の『推し』だもん」

現実にはもういなくなってしまったけれど、夢の中では会える。

私もおそらく余生はもう長くないけれど、究極の『推しごと』を達成するまでは死ねない。私はもっともっと、昴くんと一緒にいたいんだ。
きっと死ぬまで、私は夢女子だ。

ホーリーグラウンド　英アタル

初出『5分で読める！　ひと駅ストーリー　旅の話』（宝島社文庫）

タクシーから降りた私は、潮風の冷たさにコートの襟《えり》を立てた。

それからタバコに火をつける。深く煙を吸い込んで、快晴の空へと吐き出した。

うむ……空気の美味《お》しい場所で吸うタバコは、なぜか格段に美味《うま》い。

だが都心から長時間かけてここまでタバコを吸いにきたわけではない。

私は、後輩社員を探し出して連れ帰らなければいけない。

彼は大きな仕事が片づいたのを機に、有給を取って隣の県に旅行へ出かけた。

ところが昨日、仕事がらみで彼に緊急の確認事項が発生した。

だが彼は携帯に出ず、今朝になってもその状況が続いていた。

本人から、この海岸に面した街へゆく、と聞いていた同僚がいたのでそれをヒントに、たまたま休みだった上司たるこの私が捜索を指示された、という次第だ。

人の休日を蔑《ないがし》ろにする会社の判断には憤《いきどお》り甚《はなは》だしいのだが、彼は優秀な社員だし仕事で何度となく助けられている。個人的な感情などもあって指示を承伏したのだった。

私は吸い終えたタバコを携帯灰皿へ詰め込んで、海岸沿いの綺麗な道を歩き出す。

とりあえずスマホで地図を確認した私は街中を目指し——やがて商店街へと出た。

建物自体は年月を感じさせるものの、景気は悪くないのか人が多く、活気もある。

大きな提灯《ちょうちん》を取り付けたり、垂れ幕の準備をしたりと、お祭りの用意でもしているようだ。どうやら近々、なにか催し物が行われるらしい。

もしかしたら、彼はそれを見にきたのかもしれない。

商店街の人々に、彼らしき人物を見なかったか聞き込みを行った。すると何人かから、それらしい背格好の男を見たという証言が得られた。

どうやらその男はここのところ毎日、海岸沿いの道から海を眺めているという話だ。男の表情はどこか思い詰めているようだった、とも商店街の人々は語った。

嫌な予感……私は駆け出した。そして目撃談のあった海岸沿いの道にジーンズ姿の若い男を発見する。ガードレールに両手をつき、少し海側へ身を乗り出している。

「やめるんだっ！」

私は駆け出していた。

彼の胴体目がけて飛びつく。

そしてアスファルトの上に倒した後輩を抱《かか》え起こす。

「早まるんじゃない！」

彼は白目を剝《む》いてぐったりしていた。

「……おい！　大丈夫か！」

「自殺ですか？　オレが？　冗談きついですよ」

そう言って、旅館の浴衣《ゆかた》姿で後輩は笑った。

「君になにかあると私は……困ってしまうのでな。冷静さを欠いていた。すまない」

宿を決めていなかった私は彼の好意で、同じ部屋に泊めてもらうことになった。いまは二人で夕飯を食べている。会社への連絡は先ほど彼が滞りなく終えてきたようだ。

「それにしても君は……なぜこの街に？　観光か？」

なにげなく尋ねると、なぜか彼は自嘲気味に小さく笑った。

「観光……とは少し違いますね。聞きますか――」

彼は沈鬱に呟くとグラスに残っていたビールを飲み干し、言葉を継いだ。

「男の失恋話を」

彼の思いがけない言葉に驚き、少しの間、絶句したあと大きくうなずいた。

彼はまた自嘲してから口を開く。

「片想いでした……あの子はオレの好意など知る由《よし》もなかった。オレもそれでいいと思ってました……オレはただあの子の幸せを願っていた」

仕事では良く私を補佐してくれる彼だが、そのプライベートについて私はなにも知らなかった。いつもしっかり仕事をこなす頼れる後輩にも……悩みはあったのだ。

「それで先月のことです……幸せになったんですよ、あの子は」

「結婚――か？」

彼は悲しげで、だがどこか嬉しそうなため息を吐き出す。

「ええ。相手の男も良いヤツです、これでいいと何度も思いました。ですが……頭ではわかっていても気持ちの整理がつかなくて……あの子との思い出があるこの土地へやってきました。二十五にもなって傷心旅行ってわけです……笑ってください」

彼が会社からの電話に気付かなかったのは……そういう辛いことがあって気が回らなかったためだろう。私は答える代わりに、彼のグラスにビールを注ぐ。

そして自分のグラスを掲げた。

「今日は飲もうじゃないか」

「――お手柔らかにお願いします」

グラスが触れ合う、小さくて澄んだ音が和室に響いた。

翌日。朝食を摂《と》ったあと、後輩の彼について街へと出た。

商店街では、今日も人々がせわしなく飾り付けを行っている。

商店街を抜けた私たちは昨日、彼が海を眺めていた場所へとやってきた。

今日も天気が良く潮風が心地いい。彼は昨日と同じようにガードレールに両手をつき、地平線へと目をやった。

「芯が強くて優しくて、良い子でした。でも料理が大の苦手で……どんな魔法を使ったのかカボチャを爆発させて部屋をメチャメチャにしたときは大笑いしましたよ」

そのときを思い出してか、彼は懐かしそうに笑う。それから悲しげに目を細めた。

「生い立ちがやや不幸で……幸せになって欲しいと思ってました」

彼は砂浜へと降りてゆく。私もそれを追った。

彼はしばし砂浜を歩き回った。ときには写真家がそうするように、両手の親指と人差し指で作ったファインダーを覗いたりしていた。

「ちょうど、ここです――ここであの子はプロポーズを受けました」

やがて、ある場所に立ってそう言った。

「不幸だったあの子がとうとう報《むく》われた……あのときの感動は忘れられません。でも同時にショックでもありました。大事なことが一つ終わった……その事実をオレは未だに受け止め切れていないのかもしれない……」

彼は目を閉じた。

目尻からは涙が溢れ、頬を一筋、伝い落ちる。

まぶたの裏には、笑顔と共に旅立った女性を映しているのだろうか？

「簡単には割り切れません。それでも……いつも前向きだったあの子のように――オレは強がろうと思います」

そう言った彼の瞳には、だが強い輝きがあった。

「そうか。では……帰るか」

「はい！」

「ん……あれはなんだ？」

商店街まで戻ってきた私の目に不思議なものが飛び込んできた。

「え？　どれですか？」

商店街の飾り付けがおおむね終わったようだが……

のぼりや垂れ幕には少女の絵が――アニメのキャラが描かれている。

「ああ、アニメによる街興《まちおこ》しですよ、知りませんか？」

「街興し……アニメで？」

彼は小さくうなずいた。

「最近のアニメは実在の土地や風景、建物を題材にしたりすることが多いんです。題材となった土地ではそのアニメと提携してファンを呼んで、街興しするんですよ」

「ほぉ～、上手《うま》いこと考えるものだなぁ」

心底、感心して唸《うな》る。頭の切れる人物というのはどこにでもいるものだ。

「にしても……へぇ……今期の新作アニメだったか……」

彼は手近な場所にあったアニメののぼりに歩み寄り、腕を組んだ。

そのまましばらく考え込んでいたが、

「先輩！　オレはいま新たな恋人を発見しました！　再び恋に生きます！」

突如として、そう叫んだ。

「なっ……えっ？　恋人？」

私は彼とその視線が向く先を二度、三度、見比べる。

その熱い視線は確かにのぼりへ――アニメのキャラへと注がれている。

「新たな恋人って、アニメキャラだぞ！　大丈夫か!?」

「大丈夫です！　それにオレの恋人はアニメキャラです、いままでもこれからも！」

いままでも……？　んん？　それはつまり……まさか……

「よもや……とは思うが『あの子』とはアニメのキャラのことだったのか？」

「そうですけど……まさか先輩、オレの話を三次元の女性の話と勘違いしてましたか？　どうやったら他人のプロポーズの現場を詳細に語れるんですか？」

私は手の平で顔を覆った。悲嘆に暮れる彼とその雰囲気に流されて気にとめなかったが、確かにおかしい話だった。

「それに『どんな魔法を使ったのかカボチャを爆発させて――』って言いましたけど、あれはハチャメチャな料理の腕前を揶揄《やゆ》して『魔法』と言ったんじゃなく、料理に魔法を用いようとして爆発させたんです。常識的に考えてカボチャは爆発しません」

確かに……カボチャは爆発しないが……その冷静なツッコミが妙に腹立たしいな。

「だがアニメの話だったとするなら、なぜここが思い出の場所だったんだ?」

「アニメの題材になった土地のことをファンは聖地と呼び、実際その土地へ旅することを聖地巡礼などと称するんですよ」

「つまりキミも聖地巡礼に訪れていた、と」

「そうです。先月、感動の最終回を迎えたアニメの聖地を訪れて、気持ちの整理をつけようと考えていたんですが、これもあの子の導きか——」

彼は再びアニメののぼりへ目を向け、深々と一つうなずいた。

「まずこの街でしか買えないグッズを探しに行きます。先輩は戻ってていいですよ!」

そう告げた彼は……あぁ……行ってしまった……

一人取り残された私はアニメののぼりに歩み寄った。ツインテール……と、呼ぶんだったか髪の毛を頭の両側でくくった少女が、晴れやかな笑顔を浮かべている。

『オレの恋人はアニメキャラです、いままでもこれからも!』

彼の言葉を思い出した私は……うしろに束ねていた長い髪をほどいた。

それから少女と同じように結び、近くにあったカーブミラーを見上げた。

わぁ……二十七になる『女』がやっていい髪型ではないようだ……

髪型を戻した私は、もう見えなくなった後輩を追って走り出した。

私の恋路は果てしない旅のように長いらしい。

銀河喫茶の夜　黒崎リク

初出『3分で読める！　コーヒーブレイクに読む喫茶店の物語』（宝島社文庫）

夏の暮れのことでした。

　座敷で寝ていた私は、花火の音で目が覚めました。パァンと高い音は、お祭りの始まりを知らせる合図です。

　薄暗い座敷から見る窓の外は、夕闇に覆われていました。そろそろ行く支度をしなきゃと起き上がると、私の傍らに祖父がいました。

　そうです、ここは祖父の家です。夏休みのお盆の間、私は祖父の家に遊びに行くのを毎年楽しみにしていました。

　紺色の浴衣《ゆかた》を着た祖父は、私に手を差し伸べます。

「おじいちゃん、どうしたの？」

「喫茶店に行こうか。お前が行きたがっていた所だよ」

　祖父がよく行く喫茶店は、古いけれど、お洒落《しゃれ》なお店です。純喫茶というそうで、珈琲《コーヒー》が美味《おい》しくて、大人ばかりがいるお店です。子供の私を連れていってはくれず、「お前が大きくなったらな」が祖父の口癖でした。

　そんな祖父に、憧れの大人の喫茶店に誘われ、私は喜びました。せっかくだからと、とっておきのワンピースに着替えます。深い藍色の地に白い小さな星がちりばめられたような、水玉模様の少し大人っぽいワンピースです。冬に着るものだけれど、夏の夜は冷えるから、きっと丁度いいでしょう。

祖父の手を取り、私はすっかり日の暮れた町へと繰り出しました。石畳の道に、カランコロンと祖父の下駄の音が響きます。

町がいつもと違うように見えるのは、お盆のせいです。今日はあちらこちらの家の前で、提灯《ちょうちん》にオレンジ色の火が灯《とも》っています。白い和紙が張られた灯籠《とうろう》を手にした人々が、川辺へと向かいます。

祖父は人の波をすり抜けて、一軒の店の前で立ち止まりました。

古そうで重そうな木の扉には文字が刻まれていましたが、消えかかったそれは読めません。祖父が扉を押すと、扉の上にとまっていた小鳥がチリンと鳴きました。

初めて入った喫茶店の中は薄暗く、鈴蘭《すずらん》のようなシャンデリアや、緑と黄色のガラスでできた電灯笠《でんとうがさ》の光がぼんやりと浮かんでいます。

壁にかかっているのは宇宙の写真です。オリオン座に蠍《さそり》座、南十字星や白い天の川。青く赤く、紫色の雲が渦巻いているのは銀河の写真でしょう。

棚の上には、鉱石を嵌《は》め込んだ動物が置かれています。あちらはラピスラズリの目の小熊、こちらはダイヤの白鳥でしょうか。

席を埋めるお客さんのたばこの薄紫色の煙が、ゆらゆらと天井に上っては消えていきます。私がきょろきょろと見回している間に、祖父は空いたカウンターの席に座りました。

私は祖父の隣に座ろうとしましたが、椅子が高くてなかなか座れません。すると、テーブルにいた青年が「ほら」と私を抱えて座らせてくれました。お礼を言うと、青年は会釈して席に戻ります。

祖父がぼそりと「珈琲を」と言うと、カウンターの奥にいた人が「かしこまりました」と頷《うなず》きました。

その人は、背が高くて細い男の人でした。白いシャツと黒いベストを着て、黒いズボンを穿いています。若い青年のようにも、祖父と同じくらいのおじいさんのようにも見える、銀色の髪をした不思議な人でした。皆からマスターと呼ばれていました。マスターは、実験器具のようなものを用意しています。あの丸いものはフラスコ、フラスコの下にあるのはアルコールランプです。この間、理科の授業で習ったので知っています。

マスターは銀色の薬缶《やかん》からフラスコにお湯を入れ、上に何かを取り付けました。「それは何？」と尋ねると、「漏斗《ろうと》です」と答えてくれました。

マスターは漏斗に黒い粉を入れます。珈琲の粉です。

「今夜の珈琲は、ペルセウス座流星群のものです。大粒で、大気圏を通る間に一粒ずつしっかりと焙煎《ばいせん》されています。苦みは強いですがコクと深みがありますよ」

そうして燐寸《マッチ》を擦り、オレンジ色の炎をアルコールランプへと近づけました。白い紐《ひも》の先に青い炎がぼうっと点《つ》きました。

炎は内側が青く、外側は青に緑色が混じった色をしています。炎は丸いフラスコの下でつぶれて、台形の形になります。時折オーロラのように揺れて、平行四辺形や三角形になるのが面白くて見ていると、やがてフラスコの底に小さな水蒸気の泡が生まれました。沸騰です。これも理科の授業で習いました。

ぽこぽこ、ぼこぼこと音を立て、まるで火山から噴き出すマグマのように、お湯は漏斗のガラスの管を通って上がっていきます。

漏斗の黒い粉を巻き上げるお湯を、マスターは木のヘラで手早く混ぜます。きめ細かい泡の層ができて、黒い粉はしゅわしゅわと音を立てました。泡と共に弾《はじ》ける光は、燃え尽きる星の最後の光です。漏斗の中にはすっかり黒い液体が満ちて、暗い宇宙のように渦巻いていました。

マスターはアルコールランプの火を消し、もう一度漏斗の中をかき混ぜました。漏斗の液体は、今度は管を通って下りていきます。液体が落ち切ったところで、マスターは漏斗を外し、フラスコの液体を白いカップに注ぎました。

「お待たせしました。お嬢さんも珈琲でよろしいですか？　冷たいものもご用意できますよ」

「はいっ、冷たいのを下さい」

マスターは同じように珈琲を入れると、大きな氷をたくさん入れたグラスに注ぎました。黒い珈琲の海に氷山が浮かび、小さくなっていきます。

「どうぞ」

「ありがとうございます」

どきどきしながらグラスを受け取ると、冷たい水滴が手に付きました。白いストローで一口飲んで、私は思わず顔を顰《しか》めました。

「苦い……」

こんなに苦いものを、祖父も、他の大人のお客さんたちも美味しそうに飲んでいます。これが大人の味なのでしょうか。大人になったら、美味しくなるのでしょうか。

眉尻を下げる私に、マスターが微笑《ほほえ》んで、白い陶器を差し出しました。

「どうぞ、お嬢さん。天の川から汲《く》んだミルクです。入れると飲みやすくなりますよ」

少し悩みましたが、私はマスターの言う通り、珈琲にミルクを入れました。

夜空に流れる天の川のように、黒い海に白い渦ができます。よく混ぜて飲むと、少し苦くて甘い、珈琲牛乳の味になりました。

「おいしい」

「それはようございました」

これなら私も珈琲が飲めます。大人の仲間入りです。

少し得意になって周りを見回すと、先ほど私を抱えて椅子に座らせてくれた青年が席を立ちました。青白い顔で、私に小さく微笑むと店を出ていきます。

窓の外には、夜の川の黒い水面が広がっていました。上流に、ぽつりぽつりと橙色《だいだい》の光が見えます。

「ほら、流れてくるよ」

誰かが言いました。

川を流れてくるのは、オレンジ色の光を灯した灯籠です。水の流れに乗った灯籠は、一つ、二つ、三つ……十を超え、百を超え、千を超え。川面《かわも》にゆっくりと光が広がっていきます。

それはまるで、輝く星の天の川のようでした。

この光景を、私は昨年の夏に見ました。

灯籠流しです。お盆に帰ってきた死者の霊を送る火です。死んだ人の霊は、灯籠に乗って川を下り、海の向こうにあるあの世へと帰っていくそうです。

あの夏、私は和紙を張った灯籠に小さな蠟燭《ろうそく》を入れて、川面に浮かべました。

和紙に書かれていたのは、祖父の名前でした。

あの夏は、初盆でした。

亡くなった祖父の、初盆でした。

──ああ。それでは、今、私の隣にいる祖父は。

隣を見ると、祖父は青白い顔で微笑みます。私の頭を撫《な》でる手はひどく冷たく、青い炎のようでした。冷たいグラスを持つ私の手と同じくらい、冷え切っていました。

……亡くなったはずの祖父。祖父は、私の行きたがっていた喫茶店に連れてきてくれるために、あの世から帰ってきたのでしょうか。大きくなったら連れていくという約束を守るために、海を、川を、長い旅路を渡って来てくれたのでしょうか。

そう思うと、私の胸はいっぱいになりました。

私と祖父の後ろでは、テーブル席の客が一人、また一人と店を出ていきます。オレンジ色の照明の下、青白い顔の客たちがマスターに見送られて出ていきました。

遠ざかる灯籠を見送るなか、店の中には私と祖父の二人きりになっていました。

「そろそろ次の灯籠が来るようですよ」

マスターの言葉に、祖父は頷きました。席を立とうとする祖父の手を、私は握ります。まだ、灯籠は来ていません。

まだ行ってほしくないと縋《すが》る私の手を、祖父はそっと握り返します。祖父の背後にある窓に、灯《あか》りが二つ、揺れるのが見えました。

少女が一人、座敷に横たわっていました。

白い布団の中に寝かされた少女は、お気に入りの水玉模様のワンピースを着ています。夏だというのに、冬用の長袖のワンピースを着ていても、少女は汗一つかいていません。

動かない胸には、タオルが巻かれたドライアイスの板を抱かされています。かさかさと乾いて冷え切った手を、母親が握っています。

夏休みに、亡き祖父の家に遊びに行くのを楽しみにしていた少女。

祖父のお気に入りだった喫茶店に、今年こそは行くのだと張り切っていた少女。

海で溺れて命を落とし、通夜《つや》を行う彼女の周りには、親戚が集まって最期のお別れをしていました。すすり泣く声が、仏壇のある座敷に静かに響いていました。

まぶしい夜顔　林由美子

初出『5分で読める！　ひと駅ストーリー　夏の記憶　東口編』（宝島社文庫）

わたしの彼は、大切な家庭と将来のある人だった。

職場で出会った彼との、いわゆる禁断の恋は二年になる。わたしは三十三歳になり、彼とつきあい始めて三度目の夏は連日暑く、「どこか涼しいところに行きたいね」とお互い口にはしても、これまで彼と一緒に海や旅行に出かけたことは一度もない。

わたしたちが人目を気にせず堂々と会えるのは職場だけだった。もちろん二人とも、周りにこの関係を気取《けど》られるような態度はとらないでいた。でもたまに彼は、わたしにちょっとした悪戯《いたずら》をしかけてもくる。

「そういえば、昼間、わたしが通ったとき、足をひっかけようとしたでしょう」

わたしは、夜、うちのアパートの部屋に来ていた彼に口をとがらせた。

「そうだっけ？」

わたしの食べ残した素麺《そうめん》に箸をのばしながら彼はとぼける。自宅で夕食を済ませてきたはずなのによく入るものだと思うが、彼なりにわたしのパートナー役の穴を埋めようとしているのかもしれない。

「そうだっけじゃないよ。誰が見てるかわからないし、一歩間違えたらどんな噂《うわさ》になるか」

「あれくらいじゃ、ばれないよ」

と、苦笑気味に遮《さえぎ》る彼はどこか寂しげに見えた。

わたしたちの本当の関係は、決まって夜のものだった。まるで日が落ちてから花開く夜顔のように姿を変える、そんな関係だ。

彼はたびたび夕暮れの駐車場で、仕事を終えたわたしを待った。わたしたちはお互い職場の隣町に家があり、わたしの部屋から彼の自宅までは車で十分ほどと近い。そういう縁もあって、定期券を財布ごと失くした彼を車で送ったのがつきあい始めたきっかけだったが、それはいつしか待ち合わせの場所と時間になっていった。また、彼は週に二、三日、「ちょっと本屋に行ってくる」などと口実をつけて夕食後の家を抜けてくることもあった。

そんな彼と行けるところは、わたしの部屋くらいしかなかった。映画もファミレスも買い出しのスーパーやコンビニさえ、どこで誰に会うかわからない。わたしたちは限られた場所と時間のなかで喋っては抱きあった。

それを不満に思ったことはなかった。彼のからだはいつも熱くて、そこから感じられる生命力がわたしは好きだった。そのからだにぴったり身を寄せて睦言《むつごと》を紡《つむ》いだり、悩み事を話したり、ときに不機嫌から始まる口論もあったりと、ある意味では普通のカップルと変わらないわたしたちだったが、どこにも出かけられないからこそ、ただお互いに向きあうしかない時間は密なように思えた。

そういったなかで、わたしと彼は「もしも話」をよくした。たとえば、もしわたしたちが十年前に出会っていたらとか、性別が逆だったらとか、そんな類《たぐい》のものだ。

二日前にも、狭いベッドでそれはふいに始まった。

「――もしもさ、おれが大工に職替えするって言ったらどうする？」

そう言った彼が天井に向けて掲げたしなやかな腕は、気のせいか以前より筋骨がしっかりして見えた。とはいえ、彼の家族を思えばただの突飛な話であり、わたしは適当な調子で返した。

「どうするって、いいんじゃない？　一度しかない人生なんだから好きなことすれば。応援する。ガンバッテ！」

すると彼も軽いノリで応じた。

「あ、そう？　じゃ、一緒に来てくれる？　色んなシガラミは捨てて、どこか山間《やまあい》の空気のいい土地に移るってのはどう。古民家みたいなところを借りて」

「庭で家庭菜園したり」

「星見たり。きれいだろうな。休みの日は川釣りに行ってさ」

「でもわたし、虫は苦手。それに藪蚊に刺されそう」

「大丈夫だよ。きっとヤツらは若くて新鮮な血を選ぶから」

といった具合に、二人で気軽に出かけられない今とは違う日々を思い描くのは楽しくて、でもその後はなにも失っていないのに失くした気分になった。

楽しさの裏側には、いつもひとつの思いがつきまとっていた。いつまでもこんな関係を続けていいはずがなく、続くはずもない——。

彼の周りには、わたしより若くて気楽につきあえるだろう相手がたくさんいた。彼がいつかそちらに目移りしても、わたしは責める立場にすらない。

それにこんなわたしでも、人並みには結婚願望はあった。いずれ誰かとのその時期はやってくるのだろうと思ってはいる。けれど、彼との逢瀬《おうせ》に時間を費やし続ければ、それは叶《かな》わなくなってしまうかもしれない。そういう不安が少なからずあった。三十三歳をまだ若いと言う人もいるが、かつての同級生は小学生の母になっていたりもする。子供がほしいとも思う。だから彼と別れて婚活でもなんでもして堂々とつきあえる相手を見つけよう——何度そう思っても、わたしは彼に言い出せないでいた。他の誰かなんていらなかった。あと半年だけ。半年たてば彼はここからいなくなる。だからそのあいだだけは彼のそばにいたい。

だが、それは自分勝手な話だった。

罪悪感と言ったらいいのだろうか。それはむしろ日を追うごとに強くなる。

何度かわたしは彼の家の近くに立ったことがあった。庭先では女性と少女と彼が犬と遊んでいて、そのごく普通な光景を目の当《ま》たりにすると、ものすごく自分が薄汚れている気がした。そして、彼のことも汚しているとも。

――ふいに彼が「駆け落ちしよっか」と言った。

彼はいつもの「もしも話」を始めようとしたが、今日のわたしにはそれが虚《むな》しく感じられた。

「ばかみたいなこと言ってないで、そろそろ先について考えたほうがいいんじゃない？」

つい、わたしが白《しら》けた顔で返すと沈黙が広がった。

そのせいでわたしは後にひけなくなる。

「わたしたちのいまの関係について、どう思ってるの？」

これを彼に訊《き》くのは初めてだった。

テーブルの前で胡坐《あぐら》をかき、氷水だけになった素麺のガラス鉢を見つめる彼は、しばらく考えたあとぽつりとつぶやいた。

「好きなだけじゃだめなんかな」

それを聞いたわたしは、吹き出してしまった。

わたしが思う以上に、彼は考えなしで、子供で、ずるいのだ、と思い知らされたからだ。

ばかにされたと思ったのか、彼はむっとした目をこちらに向けて訊き返した。

「そっちこそ、どう思ってんの？」

「わたし？」

夏になり、少し日に焼けた彼の顔を見つめる。こんなふうにじっと彼を見つめられるのは最後になると直感して、わたしは彼の姿を目に焼きつける。そして、いつか言うつもりで準備してきたセリフを口にした。

「実は最近飽きてきた」

わたしを見る彼の目がさらに険しくなった。

「いつもわたしの部屋ばっかりで、映画も旅行も行けないし」

「だったら行けばいい。映画も旅行も」

彼は熱っぽく訴えるが、わたしはそれを鼻であしらう。

「行けるわけがないし、行きたくもない」

「どうして！」

「どうして？　なんにもできないくせに。――ねえ、もう自分のいるべきところに帰って、ここには来ないでよ」

自分でも驚くくらい、よどみなく言えた。

彼は片手で頭をかきむしると、突然立ちあがって部屋を出ていった。

彼と出会って三度目の夏、もう彼は夕暮れ時に駐車場でわたしを待たなくなった。

少し日焼けした顔でわたしを待つ彼はいない。終わったのだ。

本当は映画も旅行もどうでもよかった。むしろ、世界がわたしの部屋だけになったならどれほどいいだろう。でも残念ながら、そんなふうには絶対にならないし、彼にそんな世界で暮らしてほしいとも思わない。

これでよかったのだ。

わたしは彼を忘れるためにも仕事に精を出す。幸い、やることは山積していた。デスクに付いたわたしは、パソコンに向かって期末時の成績を入力する。

しばらくして、ふいに耳慣れた声が聞こえた。

「――失礼します」

振り返ると、引き戸を滑らせた彼が戸口に立っていた。そうして、なかに入ってきた彼はまっすぐこちらへ歩いてくると、わたしのデスクの上に彼がまだ未提出だった進路希望調査書を置いた。

「おれ、親に話したから。――だからもう、逃げも隠れもできないよ」

調査書に目を落とすわたしに彼が言う。

「絶対、第一志望も第二も第三も変える気ないから」

志望校記入欄には、第一志望も第二、第三志望も『大工になって担任と結婚する』とあった。

不覚にも、わたしの目から涙があふれる。

「信じられない。ばかじゃないの」

彼は子供で考えなしで、そんな相手に簡単にうんと言えるわけもなく、でもわたしは、打算がなく、ばかみたいに一途《いちず》でまっすぐな彼が心からいとしくて――。

そこで、近くにいた女生徒がわたしたちの様子に気づき「うっそお！」と奇声をあげ、何事かと、同僚職員らが一斉にこちらを向く。

混乱する頭でとにかく彼を守る抗弁を考えるわたしは、どんな顔をしていたのだろうか。彼が私の手を強くにぎった。

「悪いことなんてしてない」

――と、窓の外で一斉に蟬《せみ》が鳴き始めた。

エアコンがききすぎの職員室で、精一杯毅《き》然《ぜん》とする高校三年生の彼はまぶしいくらいに誠実だった。

高架下の喫茶店　柏てん

初出『3分で読める！　コーヒーブレイクに読む喫茶店の物語』（宝島社文庫）

俺の職場は、高架下にある古い喫茶店だ。

電車が通るたび地響きが鳴り、窓も少ないので昼夜問わず薄暗い。

設備も古いし、働いているのは俺と白髪《しらが》のマスターの二人だけ。店のオーナーはアラセブを過ぎた皺《しわ》くちゃのばーさんで、マスターとは古い付き合いらしいがどういう関係かまではよく知らない。オーナーは死ぬまでに全財産を使い切ると言って憚《はばか》らない強者《つわもの》で、世界各地を旅行しているため滅多に店に顔を出すこともない。

さて、Ｗｉ－Ｆｉもないし狭くて分煙もできないようなこんな店でも、意外と客は途切れることなくやってくる。

立地がいい割に空いているからと打ち合わせに使う客や、最近どこへ行っても肩身が狭いと言いながらうまそうに煙草《たばこ》を吸うヘビースモーカー。営業途中に暗い顔で時間を潰すサラリーマンなど。

だが中には奇特にも、俺目当てで店にやってくる客というのも存在する。

「ムサシくん。元気だった？」

そう言いながらカウンターに座った女性も、その一人だ。

彼女の名前は美枝子《みえこ》という（偽名かもしれないが）、最近は月に二度か三度ぐらいの割合で店にやってくる。口元の皺が年齢を感じさせるが美しい人で、若い頃はさぞモテたのだろうなと俺は余計な想像をする。

「お久しぶりです」

無難に挨拶をすると、美枝子さんは一分《いちぶ》の隙《すき》もなくファンデーションで塗り固めた顔を、くしゃりと笑み崩した。

「久しぶりね」

いつもと同じ挨拶だが、一週間の隔絶に『久しぶり』という表現が適切かは微妙なところだ。

俺はじっと見慣れた美枝子さんの顔を観察した。

そこそこ人見知りで人の顔を見るのは苦手なのだが、美枝子さんは付き合いが長いので苦痛というほどでもない。

目が合うと、彼女はパチパチと瞬《まばた》きを繰り返した。長いまつげが上下に動く。

熱いおしぼりで手を拭きながら、美枝子さんはラミネート加工をしたメニューに視線を落とす。

ここのメニューはもう十年以上変わっていない。ブレンドと、アメリカン。トーストにはゆで卵と乾いたサラダ付き。

俺のおすすめはマスターお手製のコーヒーゼリーだ。と言っても、俺は食べたことがないんだが。

「ブレンドを」

美枝子さんのオーダーを聞いたマスターが、手動のミルで豆を挽《ひ》き始める。

ザリザリ、ザリザリ。

その音に覆いかぶさるように、店の上を電車が通過する音が響いた。頭上から聞こえてきているはずなのに、地の底から響いてくるような気がするのは何故だろう。足元から揺れが伝わってくるからだろうか。

コーヒーを待つ間、美枝子さんはいつものように俺を見てほほ笑んでいた。

なにがそんなに楽しいのだろうと思うのだが、彼女はいつもそうする。彼女との付き合いは三年になるが、指一本触れたことはない。俺と彼女は極めて健全な関係だ。

というか、歳の差があり過ぎる。おそらく、彼女の方が二十歳は年上だろう。

しばらくして、マスターが美枝子さんの前にカップを置いた。その華奢《きゃしゃ》なカップに、俺は決して触れてはならないと厳命されている。

この店に来たばかりの頃、マスターお気に入りのカップを落として割ってしまったのが原因だろう。

マスターは怒りこそしなかったが、その後しばらく口をきいてくれなかった。

それでも追い出されず置いてもらっているのだから、マスターには感謝の気持ちしかない。本当だ。最近まかないがやけに不味《まず》くなったが、恨んでなどいない。そう決して。

「あとどれくらい、ムサシくんに会えるかしら」

コーヒーを一口飲んで、美枝子さんは物憂げに言う。

返事の難しい問いだ。俺は黙って視線をそらした。

「医者がね、いい加減入院しろって言うのよ。私はこんなに元気なのに。やんなっちゃう」

彼女はマスターにも聞こえないような音量で言った。多分俺にしか聞かれたくないのだろう。

彼女は進行性の難しい病気を患《わずら》っており、病院の帰りにいつもここに寄っているのだと以前話してくれたことがある。

最初は月に一度だった来店頻度が、二、三度になったのはここ一年ぐらいのことだ。

ガタンゴトン、ガタンゴトン。

またも店内が揺れる。

彼女に会えなくなるのは、俺も寂しかった。

この店の常連客の中でも、彼女は騒がしくなく俺に触れてくることもないとても上品な客だったから。

体のことが一番だとか、そんな陳腐なセリフを言う気にはなれなかった。

俺自身癒えない病を抱えているので、最後の瞬間まで普通の生活を続けたいという彼女の気持ちは痛いほどよく分かるのだ。

マスターも、時折悲しげな目で俺を見る。

本当はもう店に来ない方がいいと言われているが、俺の居場所はこの古びた喫茶店なのだから、その場所をどうか奪わないでほしいと思う。

「マスター、お愛想」

四人掛けのテーブル席を独占していたサラリーマンが、吸っていた煙草を灰皿で押しつぶして言った。

本当は、煙草の煙だって美枝子さんの体にはよくないのかもしれない。そして俺の体にも。

けれど体に染みつくような煙草とコーヒーの香りが、俺は好きなんだ。きっと美枝子さんも、そうなんだろうと思う。

俺たちは、しばし心地のいい沈黙を共有した。

こうして黙って傍にいるだけでも、通じ合うものはある。

きっと彼女はそれを求めて、この店に通うのだろう。

やがてコーヒーを飲み終えた美枝子さんが、ゆっくりとだるそうに席を降りた。

「ありがとうございました」

マスターの不愛想な声に、古いレジスターの呻《うめ》きのような印刷音が重なる。

「また来るから、それまで元気でね」

そう言って美枝子さんは一度出口を見たが、何かを思い直したように振り返って、こちらをまっすぐに見つめた。

そしてその細い筋張った指が、俺の頰に触れる。

彼女に触れられたのは初めてだった。

俺はなんとか首を持ち上げて、その指にすり寄る。

首輪についた鈴が、チリンと高い音を立てた。

「あなたって、こんなにふわふわだったのね」

「ええ、手入れは欠かしませんから」

そう言って、俺は前足で顔を洗った。どうせ言葉なんて、通じないと分かっているが。

「またね」

そう言って美枝子さんは去っていった。

扉の閉まる音に被《かぶ》さるように、電車の通過を知らせる重低音が響いた。

俺はにゃーごと鳴き声を上げた。電車の音に負けないように、最後に美枝子さんに振り返ってほしくて。

開いた扉の向こうから光がさして、振り返った美枝子さんの顔が俺の網膜に焼き付いた。それは今まで見た中で、一番きれいな笑顔だった。

シュテファン広場《プラッツ》のカフェ

山本巧次

初出『3分で読める！　コーヒーブレイクに読む喫茶店の物語』（宝島社文庫）

ウィーンには、素晴らしいカフェが多い。

ヴァシーリ・ヴェリコフは、シュテファン寺院の尖塔《せんとう》と美しいモザイク屋根を望めるお気に入りの席に座り、芳醇《ほうじゅん》なコーヒーの香りを楽しみつつ、この地に勤務できた幸運に感謝した。

（それもあと、数週間か）

ヴェリコフはカップを置き、溜息《ためいき》をついた。ロシア対外情報庁（ＳＶＲ）に奉職して二十年。大過なくキャリアを過ごし、二年前ウィーン駐在官の椅子に座ったのだが、後進に道を譲るとの名目で異動が内示されていた。次の任地は、明らかにここより重要度が下がる。

（まあ、仕方がない）

大過なく過ごしたということは、大きな功績もなかったということだ。自分のキャリアは、もはや下り坂なのである。それでも、得たものは少なくなかった。「大過なく」を最後まで続ければ、それなりの引退生活が待っているはずであった。

ウェイターが近づいてきた。コーヒーのお代わりを勧めに来たと思ってカップを差し出すと、ウェイターはトレイに載せた封筒を、ヴェリコフに示した。

チップを渡し、封筒を受け取って首を傾《かし》げる。心当たりはなかった。指で封を切り、中身を出してみる。プリントされた写真が、数枚入っていた。

写真を見るなり、血の気が引いた。

写っていたのは、裸でベッドに入り、美形の青年と抱き合っているヴェリコフ自身だった。

（クリス……）

その青年クリスとは、半年前からの仲だった。妻が、母の具合が良くないためモスクワに帰った後、カフェで出会ったのだ。ヴェリコフは、一目で惹《ひ》かれた。彼のそうした嗜好《しこう》について、妻は何も知らない。いったい誰が……。

ポケットのスマホが鳴った。すぐに取り出し、画面を見る。相手方は非通知だ。震えそうになる指で通話ボタンをタップする。

「はい」

「贈り物は、受け取ってもらえたか」

やはりそうだ。脅迫者。

「何が望みだ。金か」

「金などでないことは、お互い承知のはずだ。ヴァシーリ・ディミトリエヴィチ」

ヴェリコフは唇を嚙《か》んだ。ハニートラップ。ＳＶＲも使う手だが、この自分が引っかかるとは。

「昨今では、同性愛嗜好は道徳的に非難されるものではないと思うが」

動じないふうを装って、言い返した。相手はせせら笑った。

「君の奥方の父上である上官は、不快に思うだろう。罠《わな》にかかったのだから」

彼の言う通りだ。上官が知れば、ヴェリコフのキャリアは終わる。悪くすれば、収監される可能性もある。

ヴェリコフは、できるだけ小さな動きで周囲に目を走らせた。相手はおそらく、自分を監視している。見える範囲にいるはずだ。だが、シュテファン広場周辺はウィーンで最も賑《にぎ》わう中心地だった。歩行者天国の通りには観光客や買い物客が溢《あふ》れ、スマホを耳に当てている男も、少なくとも五人はいた。

「どうしろと言うんだ」

諦めて、ヴェリコフは言った。こうなった以上、相手の目論見《もくろみ》をまず知らねば。

「何が必要かは、追って知らせる」

「あんたは何者だ」

電話の向こうから、ふっと笑う息遣いが聞こえた。

「ジャンゴ、と言っておく。これからは、その名で連絡する」

ジャンゴだと。ふざけやがって。

「CIA《ラングレー》にしては、古臭い手を使うんだな」

また、くぐもった笑いが聞こえた。

「古臭いのは、悪いことじゃない。時として、最も効果的だ」

そこで電話は切れた。ヴェリコフは、スマホを投げつけたくなる衝動を、辛うじて堪《こら》えた。

(何てこった……)

自分の愚かしさを呪っても、何の足しにもならない。冷戦時代なら、こんな話はいくらでもあっただろう。その頃のスパイ・ゲームを知っている義父には、脇が甘すぎる、と言われるに違いない。弁解のしようもなかった。

CIAは何を求めてくるのか。空になったカップを見つめながら、ヴェリコフは思案した。ロシアとアメリカの関係は、あまり良くない。あのイカれた男がホワイトハウスの主《あるじ》になってからは、なおさらだ。

だが、とヴェリコフは思う。なぜ、ウィーンなのだ。

冷戦時代のウィーンは東西の境界線で、双方のスパイが華々しく活躍する場だった。が、二〇一九年の現在、その重要性は相対的に低下している。ウィーン駐在官の取り扱う情報は、かつてほど高度なものではない。

(ロシアがNATOに対して厄介事を起こす可能性がほとんどない以上、知りたいのはウクライナ情勢か)

今は小康状態だが、ウクライナ併合を目指す軍事行動に関しては、アメリカもEU

も神経を尖《とが》らせている。

(俺はウクライナに関しては、ろくに聞いていないのに)

やはり違うだろう。そちらの情報を集めたいなら、ウィーンの駐在官など狙わなくても、方法は幾らでもある。

(だいたい、なぜハニートラップなんだ。アメリカ人どもが大好きなのは、電子情報収集だろう)

SVRに比べれば予算も技術も潤沢なCIAは、電脳オタクどもを駆使してネットワークから情報を掠《かす》め取ることなど、四六時中行っている。SVRも当然やっているが、一歩譲っていた。ヴェリコフを通じて得られる情報なら、さほど手間をかけずとも電子的に収集できるのではないか。

いや待て、とヴェリコフは思う。奴《やつ》はCIAと匂わせたが、名乗ったわけではない。電脳より人的情報《ヒューミント》収集に優れた組織は、他にもある。

(SIS《テムズ河岸》かもしれない)

ハニートラップのような古典的手法は、寧《むし》ろ英国情報部のほうが似合っているような気がした。

(連中なら、今でもウィーンでの情報収集に力を入れているのではないか)

ロシアと直《じか》に接する欧州のNATO諸国は、警戒感が強い。プーチンがロシアを支配するようになってから、アメリカ以上に感覚を研ぎ澄ませている。緻密な英国人なら、ウィーンであれワルシャワであれブダペストであれ、人的ネットワークの強化を常に図っているだろう。

そうだ、その方がしっくりくる、と思いかけたヴェリコフは、はたと思い当たった。奴らは、俺の個人用携帯番号を知っていた。ならば、俺がエジプトのカイロに異動する内示を受けたことも知っているのではないか。日を置かず欧州から離れる人間を、ＣＩＡやＳＩＳが手間暇かけて取り込もうとするだろうか。

ヴェリコフは、戦慄《せんりつ》した。

（モサド……）

恐るべきイスラエルの情報機関であれば、必要ならハニートラップでも暗殺でも、好きに仕掛けてくるだろう。中東で奴らが気にかけていることは、山ほどある。国の周り全部が心配事のようなものだ。

（わが国が絡むなら、シリアに関する情報か）

モサドが欲するのは、それだろう。ロシアはシリア政府を後押しし、相当深いところまで手を突っ込んでいる。中東に赴任する自分を押さえておけば、高い利用価値があるはずだ。

（そういうことか……）

ヴェリコフは大きく溜息をつき、椅子の背に体を預けた。連中は、CIAより手強《てごわ》い。それでも、同じ情報機関だ。何らかの駆け引きはできるかもしれない。

（これからは綱渡りだ。一時たりとも気が抜けない）

ヴェリコフは、額に汗が浮いてくるのを感じた。

ウィーンには、素晴らしいカフェが多い。

私は、馥郁《ふくいく》たるコーヒーを堪能しつつ、通りの斜向《はすむ》かいのカフェに座り、青ざめた顔で物思いに耽《ふけ》っている中年の男を眺めている。街灯が邪魔をしているので、彼の位置からは私の顔は半分しか見えないだろう。

電話したときのヴェリコフの反応は、予想通りだった。奴自身も反省しているだろうが、情報機関員としてはあまりに注意が足りない。所詮《しょせん》は、義父のおかげで能力以上のポジションに就いた男。今から、そのツケを払うことになる。

私は、携帯で他の番号にかける。連絡を待っていた相手は、数秒で出た。

「私です。思惑通り運んでいます」

相手が喜び、安堵《あんど》する声が聞こえた。

「彼はこちらをCIAだと思っています。あるいは、少し頭を使ってモサドとか」

相手の嘲《あざけ》りのこもった笑い声が響く。あの愚か者は、自分が他国の情報機関に狙われるほどの大物のつもりでいるのか、と。

私は、ついニヤリとする。私は情報機関員ではないが、情報を糧《かて》とする商売である点は共通している。いつどんなところでも、情報を制する者が勝ちを収めるのは世の理《ことわり》だ。スパイの手先と思われたクリスは気の毒だが、それも人生経験だ。

「彼には、少し胆《きも》を冷やさせておきましょう。どうやらカイロに赴任する前に片が付けられそうで、良かったです」

その通り、と相手は吐き捨てた。

「あんな嫌味で傲慢な男と一緒に暮らすのは、もう御免。ウィーンに住めるから我慢してきたのに、カイロみたいな暑苦しい町に一緒に行くだなんて、あり得ない。よくやってくれたわ」

「恐れ入ります、奥様。もはや彼は、離婚請求に一言も言い返せないでしょう」

私はヴェリコフに向かって、軽くコーヒーカップを持ち上げ、乾杯の仕草をして電話を切った。それからカップを傾け、口に広がる香りを存分に楽しんだ。

夜のラジオ　一色さゆり

初出『3分で読める！　眠れない夜に読む心ほぐれる物語』
(宝島社文庫)

時計の針が深夜零時を回るのを、僕は机に向かって待っていた。入試問題集を開いているものの、そわそわして集中できない。アプリを起動したスマホから、聞き慣れた声が聞こえてきた。

「こんばんは、笑福屋《しょうふくや》次郎《じろう》です。各地から桜の便りが届いていますが、いかがお過ごしでしょうか？　さて、早いもので今夜が最後の放送になってしまいました。残念ですが、今夜はみなさんへの感謝を込めて、一通でもたくさんメッセージを読んでいきたいと思います」

地元のAM局で〈次郎さん、ちょっと聞いてください〉がはじまった。

さまざまな立場や年齢のリスナーが、「ちょっと聞いてください」と次郎に向けて愚痴を書き送る。それらに対して、次郎が独自の話術でツッコミを入れたり、お悩み相談をしたりするという内容だ。毒にも薬にもならないその三十分番組を、僕は毎週欠かさず聴いていた。

きっかけは、番組の存在を知って間もない頃、気まぐれに送ったメッセージをビギナーズラックで採用してもらったことだった。放送後に局から律儀に送られてきた記念品のストラップは、ちょっとした才能を認められた証《あかし》のようで、高校の通学鞄《かばん》に今も大切につけてある。

ラジオネーム「棚男《たなお》」として、もう一度採用してもらうこと。

それがここ半年ほどの、勉強以外のささやかな目標だった。

笑福屋次郎は、全盛期にはテレビにもよく出演していたが、今ではほぼ見かけなくなったお笑い芸人だ。全国ネットの番組を担当する売れっ子に比べれば、聴取率も低迷していたのだろう。先日、今年度末で打ち切られるという発表があった。もう一度読んでほしくて、せっせとメッセージを送っていた僕は、登っていた梯子《はしご》をとつぜん外されたようで、「嘘《うそ》だろ！」と叫んでしまった。なにより、次郎の声を聞けなくなるなんて。

どうか最後に、僕のメッセージを読んでほしい。ラストチャンスに賭けて、昨夜遅くまで文章を考えていた。結局寝落ちしてしまったが、今日の夕方に推敲《すいこう》を重ねたメッセージを送信できた。

あっというまにオープニングトークが終わり、「それでは、リスナーのみなさんからの投稿を紹介します」と次郎は明るく言った。

「今夜は、A市にお住まいのアキコさんのメッセージからはじめましょう。こんばんは、次郎さん。毎週楽しく拝聴しています。最後の放送なんて悲しいですが、湿っぽい内容ではなく、明るい愚痴をお送りしますね。さて、私の夫は今の季節、花粉症に悩まされているのですが、どうもくしゃみの音が大きくてかないません。もっと静かにしてくれと言っても、いっこうに改善しないのです」

メッセージを読みあげると、次郎は「僕もくしゃみが大きいんだよね」と問わず語りをはじめる。ふだん通り、具体的な解決にはならない気晴らし程度の感想だが、肩ひじ張らない感じがいい。ひとしきり話し終えると、つぎのリスナーのメッセージにうつった。棚男という僕のラジオネームはまだ呼ばれない。序盤なので、まだ焦ることはないとはいえ、きっと駄目な予感がするのは、この日一日が踏んだり蹴ったりだったからだろう。

朝から、とにかくツイていなかった。

昨夜寝落ちしてしまったせいで、アラームの設定を忘れて寝坊した。そして急いで駅まで走り、最寄り駅の改札をくぐったとき、前にいたOL風の若い女性が、黄色いパスケースを落とした。拾ったら絶対に乗り遅れるが、拾わなければ彼女は困る。短いあいだに葛藤したが、結局拾っていた。

「落としましたよ」

ラッシュの時間帯とあって、声だけでは気がついてもらえない。背後まで走って追いかけ、「あの」と肩に触れた。「きゃっ」と小さく悲鳴を上げて、彼女は怯《おび》えた顔をこちらに向けた。周囲の人々から、不審な目で見られる。いや、痴漢ではないんだけど。狼狽《うろた》えながら定期券を差しだすと、彼女は無言で受けとり去った。

よかれと思って拾ったのに、お礼も会釈もないなんて。こちらだって急いでいたけれど、電車に乗り損なってまで声をかけたのに。僕は落胆し、つぎの電車に乗った。遅刻したせいで、一時間目の英語のテストは追試になり、教師からも受験に向けた意識が足りないと説教された。

さらに昼食時には、学食でお膳を持って並んでいた行列の一歩手前で、注文したかった日替わり定食が完売した。帰り道には雨が降り、ふだん持ち歩いている折り畳み傘が強風で壊れた。塾のあと、コンビニで牛乳を買ってくるように母から言われ、遠回りして立ち寄ったのに売り切れていた。

きっと僕の人生そのものが、ツイていないのだろう。

「つづいてのメッセージは、B市にお住まいの、虹色のクジラさんからです。次郎さん、こんばんは。今日が最後の放送なんて、なかば信じられません。木曜日は次郎さんの声を聴いて眠りについていたので、これから不眠症になったら、次郎さんのせいですよ」

いっこうに名前を呼ばれない僕は、どこか仲間外れにされた気分で、ベッドに寝そべる。今はほとんど使っていない玩具《おもちゃ》のような古いラジカセが、ふと目に入る。小学三年生のとき、両親にお願いして買ってもらった誕生日プレゼントだ。車のなかで流れているラジオというものに、物心つく頃から興味があった。誰がどこで話しているのかは分からなかったが、自分に話しかけてくれている気がしたのだ。

聴きながら別のことができ、スマホやパソコンで疲れた目を休められるところも気に入っている。無料でさまざまなジャンルの音楽を流してくれて、くすりと笑わせてくれたり、励ましてくれたりする。

テレビよりも身近で、動画配信サイトよりも公共性があって大勢のコメントが見えるわけではない。ほどよい距離感だからこそ、大切な友人のように感じられる。スマホを持ちはじめてからは、アプリで全国のラジオ局を聴くこともあるが、地元のＡＭ局は今も特別な存在だ。とくに眠れない夜は、小さなボリュームで流しておくとリラックスできる。

笑福屋次郎の番組は、終盤に向かっていた。次郎がリスナーからのメッセージにツッコミを入れたり、ふざけながら相談に乗ったりするのに耳を傾ける。先週までは楽しく聴けていたのに、今夜はだんだんと気持ちが離れていく。どうせツイていない人生なのだ。投稿が採用されるわけがない。そう諦めかけたときだった。

「それでは、最後のメッセージを読みあげます。Ｃ市にお住まいの――」

住まいの地区が一致したので、起きあがって息を詰める。

もしかして。

棚男、棚男、棚男、棚男……。

心のなかで、自分のラジオネームをくり返すが、

「イエローさんのメッセージです。こんばんは、次郎さん。毎週楽しく拝聴していました。今夜が最後の放送になるなんて、とっても寂しいです。私はずっとサイレント・リスナーでしたが、思い切ってお送りします」

次郎の声を聴きながら、そりゃそうだな、と僕はまた布団をかぶった。いくらマイナーな番組とはいえ、この日が最後である。僕の他にも、たくさんのメッセージが送られていたに違いない。そもそも電波にのせてもいい、と放送作家の目に留《と》まるような文才を持っているわけでもない。そんな僕が、ギリギリの時間まで考えて送ったのはこんな内容だった。

――次郎さん、ちょっと聞いてください。今日の僕は、朝から本当にツイていませんでした。寝坊するわ、電車に乗り遅れるわ、日替わり定食は売り切れるわ、傘は壊れるわ、牛乳は買えないわ、さんざんでした。選ばれる人と選ばれない人、持っている人と持っていない人がいるとすれば、僕は絶対に後者の方です。しかも楽しみにしていたこの番組まで終わってしまうなんて、弱り目に祟《たた》り目です。どうか少しでいいから、選ばれる人になりたい。そう思って、このメッセージを書いています。

そんな文面じゃ、読まれないよな。

独りよがりで悲観的なメッセージだった。このあいだも友人から「おまえってネガティブ思考だよな」と言われたのを思い出す。

つぎの瞬間、がばりと起きあがって、スマホから流れるラジオの音量を上げた。最後に読まれたこの「イエロー」というラジオネームの投稿が、思いがけない内容だったからだ。

「今朝、私は疲れが溜《た》まっているせいか、とにかく体調が悪くて、頭がぼんやりしていました。休日出勤に加えて残業つづきだし、パワハラな上司も嫌で仕方ないし、とにかく仕事に行きたくありませんでした。どうすれば行かなくて済むだろう。いっそ線路に飛びこめば、この状況が終わるだろうか。駅を歩きながらそんなことを考えていたら、背後から呼び止められました。声をかけられなければ、本当に飛びこんでいたかもしれません。

ふり返ると、高校生くらいの男性が『落としましたよ』と言って、私に定期入れを手渡してくれました。私は自分がしようとしていたことが信じられなくて、咄嗟《とっさ》にお礼もなにも伝えられないまま、人の波に押されて電車に乗り込みました。すると停車している電車の窓越しに、反対側のホームに立つ彼の姿が見えたんです。

そのとき私は驚いて、彼のことを二度見しました。なぜなら、彼の通学鞄には次郎さんの番組のストラップがついていたからです。私は胸が熱くなり、運命みたいなものを感じました。

さっきも書いた通り、次郎さんにメッセージを送るのははじめてですが、番組がはじまって以来、毎回欠かさず聴いていました。一人暮らしなので、憂鬱でセンチメンタルになってしまう夜、たびたび助けられました。そして今朝、思いがけず仲間に出会えて、今までで一番くらいに励まされました。もし定期入れを拾ってくれた方が聴いていたら、お礼を伝えたいです。ありがとうございました」

次郎はそのメッセージを読み上げたあと、イエローさんをはじめ、リスナー全員に涙声でお礼を伝えた。みんなとラジオをつづけられて幸せだった、と。番組の終わりとともにアプリを閉じると、静かな夜が戻ってくる。

選ばれなかったことには違いないが、それでもいいじゃないか。寂しくも前向きな気分で、僕は目を閉じた。

迷庵にて

三好昌子

初出『3分で読める！　コーヒーブレイクに読む喫茶店の物語』（宝島社文庫）

——茶処「迷庵《めいあん》」にて、お待ちしております——

そんな招待状が届いた。小春日和の穏やかな昼下がりだった。この日を待ちわびていた私は、あまりにも興奮してすぐには部屋を出ることができなかった。

(何を着ていこうか)

それがまず問題だ。

クローゼットをひっくり返し、今日という日のとっておきを探す。服の色だけが問題ではない。口紅の色も悩みに悩んだ。

部屋を出るのに一時間はかかった。すれ違う人々が私を見る。皆、ダークな色合いの身体にぴったりしたスーツを着ているので、嫌でも私のフワフワのレモンイエローのワンピースが目立つ。

「迷庵」の扉を開く時、大きく深呼吸をした。スッと開いた扉の向こうの客席には、人の姿が見えない。店内は、コの字型をしていて、中央には緑の樹木や季節の花の植わった中庭がある。その庭が一番よく眺められる席で、あの人は私を待っていた。

「やあ、久しぶり」とあの人は言った。「元気にしてた?」と私は言う。

いつもと同じ恋人同士の会話だ。

「その服、可愛いね。よく似合っている」とあの人はさらに言った。

「君にはピンクがよく似合う」

「そうね」と私は頷《うなず》いて、にっこりと微笑《ほほえ》みかける。そうして、私は溢《あふ》れそうになる涙をごまかした。

運ばれてきたのは、いつもの紅茶。あの人はダージリン。私はアールグレイのミルクティー。添えられているクッキーは、チョコとバニラのハート型。

お茶を一啜《ひとすす》り。クッキーを一かじり。あの人はクッキーを食べない。だから私があの人の分も食べる。

チョコは少し苦い。バニラはほんのり甘い。

「愛してる」とあの人は言う。「私も」と答えると、なんだか胸が詰まった。

いつも会うたびに、繰り返してきた、言葉。

「結婚式はいつがいい？」

「そうね、春がいいわ。桜の花が満開になる頃……」

（それは、いったい、いつ？）

「僕は秋がいい。今日のようなお天気のいい日。空は青くて、木々が色とりどりに染まって、世界が祝福してくれる」

「そうね。とても素敵ね。私も秋がいい。そうしましょう」

紅茶を一口……。クッキーを一かじり。チョコは苦い、バニラは甘い。

たわいのないおしゃべり。あの人は優しく微笑んでいる。

涙が零《こぼ》れた。一粒、二粒……。私は胸が裂かれるように辛《つら》いのに、あの人は笑っている。いつもと同じ、優しい笑顔で。

「結婚式は、いつがいい？」

あの人は繰り返す。

「その服、可愛いね」

「君にはピンクがよく似合う」

ああ、なぜ私は……、ピンクの服を着てこなかったのだろう。

「レモン色もいいね」なんて、言ってくれるはずはないのに。

中庭には雨が降っている。

（あの人が差しかけてくれた傘は何色だったのだろう？）

もう一度、雨の中を歩いてみたい。突然の夕立に駆け込んだカフェの店先で、私は初めてあの人に出会った。

――傘を貸しましょうか。それとも、この店で一緒に紅茶でも飲みませんか。ここは素敵な店なのですが、カップルが多くて、一人では入りにくいんです――

少し照れたようなあの人の顔を、今でもはっきり覚えている。

「ねえ、あの日、あなたが差していた傘は、どんな色だったかしら？」

尋ねても、あの人はただ笑っているだけだ。

紅茶を一口、クッキーを一かじり。チョコは苦くバニラは甘い。あの人は優しく、私は悲しい……。

「そろそろご精算を」

と、店員が言った。私は彼にカードを渡す。

「来月の招待状のご予約はいかがいたしますか」

尋ねられて、私は彼に言った。

「記憶再生メモリーの新規更新はできるかしら？」

「できますが、その場合、少々割高になります」

私は目の前に座るあの人を見た。あの人は微笑んだ顔のまま止まっている。

「構わないわ。まだ他にも、私の頭にはあの人の思い出があるから」

店を出た時、あの人の傘の色が頭に浮かんだ。

（あれは、透明な傘だった）

雨上がりの空に、大きな虹がかかっていた。その虹を、二人は傘を通して眺めていたのだ。

数日後、休暇を終えた私は宇宙航路の船に乗った。私の仕事は通信士だった。

「今度、地球に戻ったら、またこの店で会いましょう」

そう約束して、私たちは別れた。

迷庵を出ると銀色の輝きを放つメタリックの廊下に出た。行き交う人々の中で、私の姿は明らかに浮いている。皆、見て見ぬ振りをする。理由は、彼等《かれら》も「迷庵」の常連だからだ。

——会員になれば、もう二度と会えない人から招待状が届きます——

ここで暮らしていくことしかできない者たちにとって、それはまさに殺し文句だった。

データ化した記憶から、仮想現実の世界で、愛《いと》しい人と一時を過ごせる。家族にも恋人にも友人にも会える。そのささやかな喜びがなければ、とてもここでは生きていけそうもない。

そんな人々を救うためのシステムが「迷庵」だった。

私は視線を窓の外へ向けた。銀色の粉を振りまくような星々が、視界に広がっているだけだ。すでにこの宇宙船は銀河を越えた。

私が宇宙へ向かった後、地球は破壊された。原因は誰にもわからない。あるいは、船のトップクラスの何人かは見当がついているのかもしれない。ただ乗員のほとんどは、失ったもののあまりの大きさに心身のバランスを崩してしまった。未だに現実と向き合えない者もいる、この私のように……。

「迷庵」システムの存在が、私たちにとって良いのか悪いのかは、定かではない。私たちの船は、行き場を失って広大な宇宙を彷徨《さまよ》っている。生存に必要な循環システムが働いているうちは、私たちの生命は保証されているのだ。

「結婚式はいつがいい？」

あのまま地球が存続していれば、私とあの人の間にそんな未来もあったかもしれない。今となっては、わずかな記憶だけを頼りに、私は二人の物語を紡《つむ》いでいくだけだ。

あの人も地球も、もはやどこにもないというのに……。

「結婚式は、いつがいい？」

「そうね……」

今度はいつにしましょうか？


「お連れ様は？」

行きつけのカフェの店員が、怪訝《けげん》そうな顔で紅茶のカップを置いた。僕の前にはダージリン、向かいの席にはアールグレイのミルクティー。

「もうじき来ると思います」

僕はにっこり笑って答える。店員は新入りのようだ。カウンターではマスターが小さくため息をついてかぶりを振った。

もう何十回も、僕はここで来る筈《はず》のない君を待っている。ミルクティーがすっかり冷めてしまうまで……。

この店の前で、雨降りの日に出会った君を僕はお茶に誘った。「カップルばかりで一人では入りにくい」なんて、言い訳をして。

ある日、君は宇宙へ行くのだと言った。

「帰ってくるのは二年後だけど、また会えるかしら?」

頬が君の着ているブラウスのようにピンク色に染まっていた。

けれど君の乗った船は、地球を飛び出した後に消息を絶った。エンジントラブルによる事故で宇宙船が爆発したというニュースが流れたが、もちろん、僕はそんなものは信じてはいない。

こうして待っていれば、きっと君は帰ってくる。今もそんな気がしている。

冷たくなったミルクティーを飲み干して、僕は店を出た。透明な傘を差すと、しばらくして雨は止《や》んだ。傘を透かして虹が見える。

「虹色の傘ね」と君は言った。

「私、あの虹を越えて行くの」

君は今も虹の向こうにいるのだろうか……。

僕が待ち続けていることを、知っているのだろうか……。

ひとりのたまご　堀内公太郎

初出『3分で読める！　眠れない夜に読む心ほぐれる物語』
（宝島社文庫）

「ほいくえん、やだ」

「どうして？　お友達、もう来てるかもよ」

「だって、誰もいないもん」

「誰もってことないでしょ。美野里《みのり》ちゃんだって、唯《ゆい》ちゃんだって、平蔵《へいぞう》くんだっているじゃない。さやか先生もいるでしょう」

「……ちがう」

「なにが違うの？」

「ひとりだもん」

「ひとり？」

「ヒデちゃんはほいくえんでひとりなの」

「──パパ」健太《けんた》が髪を乾かしてリビングに戻ってくると、胸に大きなペンギンマークのついたパジャマを着た秀実《ひでみ》が近寄ってきた。「今からだと、なんこよめる？」

壁の時計を見た。まもなく午後九時になろうとしている。「三こかな」

「五こがいい」

「四こ」

「じゃあ四こにする」秀実が棚の前にしゃがみ込んだ。真剣に絵本の吟味《ぎんみ》を始める。

誰に似たのか、秀実は四歳にしてかなりの本好きだった。週末ごとに、書店で長時間かけて買う本を吟味している。しかも買って満足するのではなく、何度も何度も読む（読まされる）のだから、こちらとしても買い甲斐《がい》は充分にあった。

袖口を引っ張られた。妻の桃子《ももこ》が手招きをしている。促されるままキッチンまでついて行くと、桃子が真剣な表情で切り出した。

「ヒデちゃんがね、保育園でうまくいってないみたいなの」

「うまくいってない？」

「毎朝、保育園は嫌だって言うの。今週になってから、急に保育園の前でぽろぽろ泣くようになって。ヒデちゃんは保育園で一人なのって。だから嫌なのって」

「一人ってどういうことだ？　先生やクラスの子がいるだろう」

「私もそう言ったんだけど、一人だって言い張るの。思うに、一緒に遊んでくれる子がいないんじゃないかな」

「それは園で仲間はずれにされてるって意味？」

「たぶん。それしか考えられない」

子供を持った以上、いつかこういうことが起こる可能性は理解しているつもりだった。仮にそうなっても落ち着いて対応しよう、そう思っていた。しかし現実にその立場に置かれると、とてもじゃないがそんな気持ちにはなれなかった。

床に絵本を並べて、「いち、に、さん——」と無邪気に数える秀実を見つめる。

生まれるまでは子供のいる暮らしに息苦しさを覚えないか不安だった。実際に生まれてみると、それまで白黒だった世界が、突然、豊かな色彩を帯びた。あれから四年、今では秀実のいない生活は想像もつかない。

「でも、お迎えのときはご機嫌だぞ」

「そりゃそうでしょ。家に帰れば、味方がいるもの」

「さやか先生には相談したのか」

「訊《き》けると思う？　うちの子、仲間はずれにされてませんか、なんて」

「毎朝、泣いてたら、先生もおかしいと思ってるんじゃないのか」

「こういう時期ってあるんですよねえって笑ってた。あの先生、少しぼんやりしてるから、子供の微妙な変化がよく分かってないんだと思う」

「美野里ちゃんのママに訊いてみたらどうだ？」

「LINEで訊いた。美野里ちゃん、最近、ヒデちゃんのことなんか言ってましたって。そしたら、毎朝、泣いてるみたいですけど、大丈夫ですかって逆に質問された」

「そっか……」

「ねえ、さっきお風呂のとき、今日なにやったか訊いた？」

「ぬりえとレゴだって」

「やっぱり」

「やっぱり？」

「一人でできる遊びばっか」

「パパ」秀実が絵本を胸にやってくる。「えらんだよ」

抱えている本の中に、土曜日に買ったばかりの絵本もあった。山から転げ落ちた恐竜のたまごが主人公のお話だ。購入してから毎日、最低一回は読まされている。

健太は無理矢理、笑みを浮かべた。頬が引き攣《つ》っているのが自分でも分かる。

「じゃあ、お布団のとこに本置いてきて。そしたらトイレに行こう」

「はーい」秀実がとことこと一人で歩いていく。

健太は桃子の肩に手を置いた。「俺が本人に訊いてみるよ」

「……怖くないの？」

「怖いに決まってる」


「──はい、おしまい」健太は絵本を閉じた。

「いまなんこ？」秀実が訊いてくる。

「ちょうど四こだな」

「やった」約束を達成したことに、秀実が満足げな笑みを浮かべた。

「そろそろ寝ようか。電気はどうする？」

「つけとく」

秀実が脇の下にぐりぐりと頭を擦りつけてくる。寝ようとするときの癖だった。

一度、息を吐いてから、覚悟を決めて「なあ、ヒデちゃん」と切り出す。

「ん？」

「保育園は楽しい？」

「うん」頭を擦りつけているので表情は見えなかった。

健太はごくりと唾を飲み込んだ。「じゃあ、どうして泣いちゃうのかな」

秀実が身体を堅くしたのが分かった。

「ママが心配してたよ。ヒデちゃん、どうしちゃったのかなって」なるべく明るい調子で続ける。「なにか理由があるなら、パパに教えてくれないかな」

「……だって」秀実が目だけで健太を見上げた。「ひとりなんだもん」

胃のあたりがすうっと冷えていく。

「ほいくえんでひとりだから。それで泣いちゃうの」

もはや疑いの余地はなかった。身体《からだ》が震えそうになるのを必死でこらえる。

気持ちはすでに決まっていた。いろいろと気がかりなことはあったが、とにかく今は秀実の苦しみを取り除くことが最優先だ。細かいことはあとで考えればいい。

「分かった。それなら明日から保育園に行くのはやめよう」

　秀実がびっくりしたように目を丸くする。「どうして？」

「だって、今の保育園にはお友達がいないんだろう」健太は笑みを浮かべて言った。

　秀実がきょとんとする。「え？　おともだちはいるよ」


　秀実の規則正しい寝息を確認して、健太は布団を抜け出した。明かりを落としてドアを開ける。廊下には、両腕を抱えるようにした桃子が不安げな様子で立っていた。

「『まいごのたまご』だった」

「『まいごのたまご』？　土曜日に買った？」

「あの絵本だと、山から転げ落ちた恐竜のたまごが親が分からなくて迷子になるだろ。どうやらあれがきっかけになったみたいだ」

「どういう意味？」

「誰もって言うのは俺と桃のことだった」

「は？」

「保育園には家族が自分ひとりしかいないから嫌なんだってさ」

　桃子がぽかんとする。

「親の恐竜が分からずにひとりぼっちだって泣くたまごと、保育園で一人になる自分がシンクロしたみたいだ。だから保育園の前で、つい泣けてきちゃうんだってさ」

「待って。あの子の言う【誰も】ってうちらのことなの？　友達じゃなくて？」

「そうみたいだ」

「じゃあ、仲間はずれにされてるわけじゃ――」

「レゴは平蔵くんと、ぬりえは美野里ちゃんと一緒にやったそうだ。ちなみに明日の公園は唯ちゃんと手をつないで行く約束してるってさ」

「なによ、もう」脱力したように桃子がその場に座り込んでしまう。「絵本でたまごが迷子になっても、自分とはなんの関係もないじゃん。なんでそんな突拍子もない発想になるわけ？　だいたい、あんたはたまごで生まれてないっつうの。私のお腹から生まれたんだからね」

「そう言うなって」健太は笑いながら桃子を立たせた。

二人で寝室に戻る。早くも跳ね飛ばしている布団をかけ直しながら健太は言った。

「ありがたい話じゃないか。泣くほど家族が好きなんて」

「そうだけどさあ。ちょっと心配だなあ」

「なにが？」

「そんなに甘ったれで、この先、大丈夫かな」

「大丈夫だろ。五年もすれば、親のことなんか後回しになるさ」

「それもそうか。ま、とにかくなんでもなくてよかった。でもそうなると、明日からも毎朝、泣かれるってことか。ねえ─」

「ん?」

「ほしいワンピースがあるんだけど」

秀実が足を止めた。「ほいくえん、やだ」

桃子はしゃがみ込んで、秀実と視線をあわせる。「そうだよね。ヒデちゃん、保育園で一人だもんね。寂しかったら泣いてもいいんだよ」

「……いいの? ママ、困らない?」

「ワンピースだから」

「わんぴーす?」

「気にしないで。ヒデちゃんは泣いても最後はちゃんと行ってくれるから平気」

「ママ、なんかわるい顔してる」

「そお? それよりヒデちゃん、週末、一緒にお買い物に行かない?」

「おかいもの?」

「毎日、頑張ってるヒデちゃんには、パパがきっと素敵なおもちゃを買ってくれるよ」桃子はにっこりと笑みを浮かべた。「たぶん、ママにもね」

おみくじ器の予言

佐藤青南

初出『3分で読める！　コーヒーブレイクに読む喫茶店の物語』（宝島社文庫）

「あれ？」夫の声がして、私は窓に向けていた視線を正面に戻した。

スタンドのついた十四センチ四方の球体を抱えた夫が、首をひねっている。球体の上部三分の一ほどが透明なドーム状で、中にはルーレットの文字盤があった。ルーレット式おみくじ器だ。このところ散歩の途中で立ち寄るようになったカフェで、夫が懐かしがって百円玉を投入したのだ。

「クジが出てこない」

「本当に？」私は夫からおみくじ器を受け取り、コイン投入口を覗《のぞ》き込んでみる。コインが詰まっている様子はない。本来ならばルーレットが回転し、小さく筒状に丸められたクジが排出されるはずだった。

「どうかなさいましたか」

マスターが近づいてきた。年の頃は三十代半ば。証券会社の激務に疲れて脱サラし、妻と一緒に店を開いたという、穏やかな印象の青年だった。

マスターがトレイに載せたカップを、私と夫の前に置く。

「お金を入れたのにクジが出てこないんです」

夫の訴えに、マスターがカウンターから小さな金属を手にして戻ってきた。おみくじ器を開けるための特殊なドライバーのようだった。

「参ったな。買ったばかりなのに」マスターがひとりごちる。

「誰かが五円玉とか五十円玉でも入れたのかも」

私の推理に、夫は疑わしげに目を細めた。

「そんなケチくさいことするやつ、いるかな」

「それがよくあったの。お金を回収しようとしたら五円玉とか五十円玉が交じってい
ることが。もっとも、五円玉や五十円玉でクジは出ないようにできているんだけど」

怪訝《けげん》そうな顔をするマスターに、私は説明した。

「実家が喫茶店を営んでいたんです」

「そうでしたか」

「そういえばここ、『ロダン』に少し雰囲気が似てないか」

夫が口にしたのが、私の両親が営んでいた喫茶店の名前だった。

「そうかしら」

「落ち着いた内装の雰囲気といい、かかってる音楽の趣味といい……うん。だから居
心地がいいんだな」

夫は顎に手をあて、得心したように頷《うなず》く。髪はだいぶ薄くなったしお腹《なか》も出てきた
が、そのしぐさは『ロダン』の常連だった三十年前と変わらない。

両親の喫茶店を手伝う娘と常連客。それが私たち夫婦の馴《な》れ初《そ》めだった。毎日のよ
うに通ってくるはにかみ屋のサラリーマンを、最初は無類のコーヒー好きだと誤解し

ていた。だが、彼のお目当ては私だった。熱視線に気づいてからは、早く声をかけてくれればいいのにとやきもきしていた。私も彼のことを好ましく思っていたのだ。

「五円玉も五十円玉も交じっていない。やっぱり故障か」

おみくじ器を開いたマスターが、中の硬貨をあらためながらため息をつく。

「すみませんでした」と百円玉を返された夫は、「そんなふうになってるんだ」とおみくじ器を覗き込んだ。開いたおみくじ器の断面はドーナツ状になっており、ドーナツ部分には小さな穴がたくさん開いている。その穴から飛び出した小さな苗のようなものがクジだ。細長い短冊状の紙を丸め、ビニールの筒に入れて穴に差し込んである。

「ご覧になりますか」

夫は興味深そうに観察しているが、私にはとくに興味はない。『ロダン』でも散々おみくじ器の小銭回収と新しいクジのセットをやらされた。おみくじ器の側面には十二のコイン投入口があり、それぞれに星座が充《あ》てられているが、実はどのコイン投入口からお金を入れても、セットされたクジが順に排出されるだけで結果は同じだ。

「早速故障するし、妙な予言は当たるしで、こいつを買ってからろくなことがない」

おみくじ器の内部構造よりも、マスターのその発言のほうが気になった。

「予言……って？」

「これを買ってきたときに、亮介《りょうすけ》――うちの息子……ご存じでしたっけ」

「ああ。たまにカウンターで勉強してますよね」

夫が言い、私も頷く。小学校三、四年生ぐらいの利発そうな少年だ。見かけたことがある。あの子は亮介くんというのか。

「そうです。最初に動作確認もかねて、うちの息子にクジを引かせてみたんです。そしたら、健康運のところに〈交通事故に注意〉なんて書かれたのが出てきて……そのときは気をつけないとねなんて、家内と笑っていたんですけど、数日後に家内が本当に事故に遭《あ》っちゃって」

「そういえば、奥さんの姿が見えないと思っていました」

なあ、と夫が同意を求めてくる。

「信号無視の車に撥《は》ねられて、入院しています」

「大丈夫なんですか」私は容態を問うた。

「脚を折ったんですが命に別状はありません。日中は義母が面倒を見てくれています」

やわらかい陽《ひ》だまりのような奥さまの笑顔を思い出し、私は少しだけ安堵《あんど》した。

「それにしても予言が当たったなんて、不気味だな」夫が口角を下げる。

そのとき、ふいにマスターの顔色が変わった。

「どうなさったんですか」私の質問にやや躊躇《ちゅうちょ》する間を挟み、答えが返ってくる。

「お金と、残りのクジの数が合わない……残りクジの数が少ない」

「どういうことですか」不可解そうに眉をひそめる夫に、私が説明する。

「この手のおみくじ器にはクジが五十九本セットされている。おみくじは一回百円だから、クジがぜんぶなくなれば百円玉が五十九枚、五千九百円の売上になる」

「ええ。現時点での売上金は九百円なのに、残りクジが三十二本しかないんです」

しばらく考えていた夫が、あっという顔になった。

残りのクジが三十二本ならば、二十七本が販売されたはずだ。おみくじ器には二十七本分――二千七百円入っていないといけない。なのに九百円しか入っていない。つまり千八百円分の売上金が消えた。誤差なんていう数字じゃない。

家族三人。奥さまが入院中なので、このおみくじ器を開けて売上金を回収できるのは、マスター以外に一人しかいない。

いや、そんなはずは。私は別の可能性を探ろうとした。

「先ほど予言とおっしゃいましたが、そのクジには〈交通事故に注意〉のほかに、どんなことが書いてありましたか」

「ほかに、ですか。とくに変なことは書いてなかったように記憶していますが」

マスターが記憶を辿《たど》るように虚空を見上げる。

「〈吉〉ではなく〈凶〉だったとか」

「それはないです。〈中吉〉でした」

そのはずだ。おみくじ器のクジに〈凶〉は含まれていない。

「それがなにか関係あるのか」

わからない。急《せ》かしてくる夫を視界から外し、開いたおみくじ器を見つめた。

まさか。そんな。あの子がおみくじ器から売上金を盗んだなんて――。

その瞬間、ふいに閃《ひらめ》きが弾《はじ》けた。

おみくじ器から生えたクジの苗を見る。顔を近づけてしばらく観察した。

「これ……ぜんぶ、いったん開いて中身を確認してありますね」

「えっ……？」マスターは信じられないという顔だ。

私は苗の一本を指差しながら言った。

「クジは丸めてビニールの筒に収納されています。でも筒の直径が二ミリぐらいしかない小さいものだから、一度抜き取って中身を確認してしまうと綺麗《きれい》に筒に収納するのが難しいんです。かなり丁寧にやらないと、筒からちょっと飛び出してしまう。そのせいでおみくじ器にきちんと収まりきらず、お金を入れてもクジが出てこなかったんだと思います。故障じゃありません」

マスターは困惑した様子でおみくじ器を持ち上げ、じっと見つめた。

「そんな……でも、なんで」そんなことをする必要が？

「お客さんに悪い予言がいかないようにするため、じゃないでしょうか」

私の推理に、夫がはっとした顔になる。

「そうか。クジによって事故を予言されたのではなく、クジにそう書いてあったからこそお母さんが事故に遭った。亮介くんはそう捉えている。だから、ほかのお客さんを不幸な目に遭わせないように、示唆的な文言のあるクジを抜いた……ってことか」

そうであれば、売上金と残りクジの数が合わないのも説明がつく。

亮介くんはすべてのクジを確認し、不吉な出来事を予言するような内容——実際には予言ではなく、誰にでも当てはまるような警告に過ぎないが、そう解釈できるような記載のあるものを抜いたのだ。


「なあ」カフェを出た後、夫がおもむろに口を開いた。

「きみがおみくじ器の構造にあんなに詳しいなんて、知らなかった」

「なに言ってるの。喫茶店の娘よ」私は笑った。心から笑えた。

ちょうど帰宅した亮介くんにマスターが確認したところ、私の推理通りだった。亮介くんはお客さんを守るために、示唆的な内容のクジを抜き、隠していた。泣きながら謝る亮介くんを、マスターは叱ることなくやさしく抱きしめた。

「だけど、一度中身を確認したクジをビニールの筒に戻すのが難しいなんて、喫茶店の娘でもわからないだろう。そんなこと、店員でも普通はやらない」

そう。やったことがある人間でないと、そんなことは知る由《よし》もない。

「覚えているかい。『ロダン』できみに初めて声をかけたときのこと」

「なによ。藪《やぶ》から棒に。そんな昔のこと」笑顔ではぐらかしたが、もちろん覚えていた。ずっと待ち望んでいた瞬間だった。

「僕はきみに声をかけようと思いながら、あと一歩が踏み出せないでいた。コーヒーを飲んで帰るだけの日を繰り返していた。これじゃいけない。そう思った僕はある日、きみとの関係を占おうと、テーブルに置いてあったおみくじ器でクジを引いてみた。そうやって引いたクジの恋愛運のところには、〈想いを伝えるべし〉と書いてあった。僕は背中を押された気がして、俄然《がぜん》勇気が湧いた。きみに声をかけることができた」

「そうだったの」

「もしかして……」そこまで口にして、夫が言いよどんだ。

だが、三十年近くも連れ添った仲だ。彼の言いたいことはわかる。

あのとき、〈想いを伝えるべし〉と出たのは、偶然じゃなかったのでは――？

「あのとき私に声をかけたこと、後悔してる？」

彼がかぶりを振る。そして私の手を取った。

「あのクジは当たっていた。きみはいつだって、僕の背中を押してくれる」

互いのかさついた手の感触をたしかめ合いながら、私たちは家路についた。

誰にも言えない感染症の物語

岡崎琢磨

初出『3分で読める！　誰にも言えない○○の物語』（宝島社文庫）

──やっちまった。

体温計に表示された数字を見た鹿島充《かしまみつる》は、無意識にそうつぶやいていた。

新型コロナウイルスが日本国内に蔓延《まんえん》し始めてはや一年あまりが過ぎたが、流行収束の兆しは見られない。先月にはゴールデンウィークの人流抑制を目的とし、初めて全都道府県に緊急事態宣言が発令されるなど、依然として厳しい状況が続いている。

そんななかで充の在住する岩手県は、いまでも感染者ゼロが続いている、全国で唯一の都道府県となっていた──それなのに。

昼に会社で食べたコンビニ弁当の味がおかしかった時点で、嫌な予感はしていた。それでもうっすら倦怠《けんたい》感があるのを、疲れているのだろうと思い込もうとした。何とか仕事を終えて独り暮らしをする自宅マンションに帰り着き、その時点では平熱だったが、夜の十時を回ったころから震えが止まらなくなった。

そしていま、計測を終えた体温計は三十八・一度を指している。

ベッドに横になった充の脳内を、さまざまな思考が駆けめぐる。年末に同県の実家へ帰ったとき、くれぐれも気をつけなさいよと忠告してきた母の顔。県内感染者第一号の報道が出た場合に予測される反響の大きさ。東京から地方へ帰省した大学生が発症し、一家ごと激しい誹謗《ひぼう》中傷を受けたという噂《うわさ》──。

充が岩手県内の地方銀行に入行して二年になる。金融は顧客情報の保護を徹底しなければならないといった性質や押印文化などの影響から、コロナ禍にもかかわらずリモートワークへの転換が遅れている業種の一つだ。それでもメガバンクはリモートワークを推進している一方、地銀は差が大きく、充もコロナ禍以前とほぼ変わらぬ頻度での出勤を続けている。

一般顧客の用件の大半がネットバンキングで済ませられる時代に、感染の危険を冒してまで銀行の窓口を利用する顧客には、ネットを扱えない高齢者が一定数含まれる。万が一にもそうした顧客に感染させてしまっては命にかかわるので、行員は店舗に入る都度、検温を強制される。

つまり、明日木曜の朝出社した瞬間に、充の発熱は発覚し、PCR検査を受けさせられるだろう。陰性であればただの風邪《かぜ》で済むが、味覚障害が出ていることからも新型コロナウイルス感染症以外の病気とは考えにくい。陽性なら県内第一号となり、職場や家族にかけてしまう迷惑の度合いは計り知れない。

充はベッドをこぶしで叩《たた》く――なんで、よりによって俺なんだよ。

感染ルートの心当たりはあった。四日前の土曜日に友人たちと四人で、お隣の宮城県までドライブしたのだ。

入社当初は電車通勤だったのが、新型コロナウイルスの流行以降、電車に乗りたくなくなっていた。もともとマイカーがないと移動しづらい地域に住んでいたこともあり、思い切って車を買った。その車を友人に自慢したくなった充が、みずから発案したドライブだった。

緊急事態宣言発令中で、必要な外出さえ最小限にとどめるよう要請されている状況だ。とはいえ充を含む若者たちは、新型コロナウイルスに罹患《りかん》してもめったに重症化しないと知っていながら、ステイホームを強いられることに強い不満を持っている。充の職場でも、上からは感染リスクのある行動を取らないようきつく指導されているが、こっそりアウトドアのレジャーに出かけたり、誰かの家に集まって飲んだりしている同僚は少なくない。

充も同じ岩手県内に住む友人たちとなら、安全に遊べると信じていた。宮城県内では新規感染者が日に数十人程度出ていることも知りながら、短い滞在なら感染はまずありえまいと高をくくっていた。

こんなことになるのなら、他県になんて行くんじゃなかった――そこで、充は考え直す。

タイミング的には、あのドライブの日に感染した可能性が高い。その前後で、感染しかねない行動を取った覚えもない。

けれど、宮城で感染したとは限らない。片道二時間以上かけて車で移動したのだ。窓を少し開けていたとはいえ、車中は三密――密閉、密集、密接――に近い状態だったから、あの空間で感染したと考えるほうが自然だ。

だとしたら、ドライブを主催した自分はやはり非難を受けはするだろうが、少なくとも県内第一号は免れる。潜伏期間を考慮すれば、自分より先にかかった人間がほかの三人の中にいるはずだからだ。

ドライブに参加した四人は、グループLINEで頻繁に連絡を取り合っていた。充はスマートフォンでメッセージを送信し、探りを入れてみることにした。

〈おつかれー。みんな元気？ そろそろドライブから四日経《た》つけど、コロナってない？笑〉

夜間だからか、すぐに既読がつく。ほどなく、三人から矢継ぎ早に返信が届いた。

〈元気だわ。むしろいつもより体調いいくらい〉

〈無駄な飲み会減ってるからな笑 俺も健康そのもの〉

〈上に同じく。つか、岩手県民オンリーだったのにコロナかかるわけないっしょ笑〉

充はため息をつく。

彼らが白《しら》を切っていないという保証はない。が、だとすると彼らも結局、体調不良を隠しているわけで、充に病気をうつしたことを認めてくれるとは思えない。何が何でも県内第一号になりたくないのは、誰しも同じなのだ。

〈ならよかった笑 次はいつ、みんなで飲もうかと思って〉

適当な文章を返し、充はスマートフォンをベッドサイドに抛《ほう》った。

これで、県内第一号の感染者からうつされた被害者として振る舞う線も消えた。熱でぼんやりする頭を必死にはたらかせ、この窮地をしのぐ方法を模索する。

出社するときだけ解熱剤を飲んで、検温をパスするのはどうか。ただ、軽症といえども一日じゅう病気を隠しながら仕事を続けられる自信はない。いまのところ熱と味覚障害以外に主だった症状はなく、ひどいと聞いていた咳《せき》も、動けないほどの倦怠感も出てはいないが、顔色が悪いからもう一度検温するようにとでも言われれば一巻の終わりだ。それに、自分がウイルスをまき散らすことで職場がクラスター化し、あまつさえ顧客のお年寄りにうつしでもしたら、取り返しのつかないことになる。

では、会社を休むか。しかし、このご時世に仮病は使えない。風邪様の症状を伝えるだけで、上司からＰＣＲ検査を受けろと言われるだろう。

胃腸炎など別の病気をでっち上げるのはどうか。だがこれも、新型コロナウイルス感染症によって消化器症状が現れた人もいる点を指摘されれば反論できない。やはり体調不良を訴えた時点で、検査を受けさせられると覚悟したほうがいい。

病気以外で、会社を休む口実が欲しい。明日は木曜だから、二日休めば週末が来る。重症化さえしなければ、週明けには熱も下がっているだろう。

足をケガしたことにする？　いや、無理だ。医療費を使ったかどうかは医療機関から会社に通知が行くはずなので、会社を二日休むほどの大ケガにもかかわらず病院を受診していなければ、後日とはいえ確実に疑われる。かといって、本当に受診すればどのみち検温は避けられず、やはり感染が発覚してしまう。

古典的な方法だが、身内が死んだと言ってみるのはどうだろう。遠方に住む親戚が亡くなり、一泊二日で葬儀に参列しなければならないと伝えて——。

だめだ。いまは新型コロナウイルスの感染を防ぐため、葬儀にすら他県からは参列させてもらえないケースが少なくないという。まして感染者ゼロの岩手県から県境をまたいで葬儀に参列したいと主張すれば、親兄弟でもない限り不審がられるだろう。県内に住む身内が死ねば、葬儀に出るという言い訳は立つ。けれども近場である以上、日帰りでも参列できてしまうから、休めるのは一日が限界だ。県内でも親兄弟なら二日くらいは休ませてくれるだろうが、さすがに死なせること自体に無理がある。岩手県内に住んでおり、死んでもそれほど不自然ではなく、しかも二日は会社を休ませてもらえる身内——一人だけ、充には思い当たる人物がいた。

父方の祖母が、県内の田舎《いなか》のほうにいる。三年前に夫を亡くし、いまは持ち家に一人で住んでいるが、充の父いわく祖父の死後、認知症が急激に進行しているらしい。深夜に外を徘徊《はいかい》して、近隣住民の世話になったこともあるそうだ。父は祖母を実家近くの施設に入れようとしているが、祖母が拒否しているせいで話は進んでいない。

好都合なことに、その件について充は以前、直属の上司に相談していた。成年後見制度や死後の財産分与について見識を得たかったからだ。上司には充の祖母が認知症だという認識があるから、急逝したと聞いても違和感はないだろう。

どれだけ考えても、それ以上の妙案は浮かびそうになかった。とにかく県内第一号だけは、何としても避けなければならない。充は意を決し、まずは夜のうちに祖母本人に、次いで翌朝には上司に電話をかけた。

「実は、祖母が亡くなりまして……明け方、人通りの少ない路地で倒れているところを、付近の住民に発見されたそうです。そのときにはもう、息がなかったみたいで」

上司は一瞬、言葉に詰まり、

「そうか、それは大変だったな。葬儀はいつだ？」

「明日です。今夜が通夜になります」

「わかった。週明けまで出社しなくていい。気を落とすなよ」

「ありがとうございます」

――ごめん、ばあちゃん。

電話を切ってようやく、充は昨晩からずっと強張《こわば》っていた全身の力を抜いた。

月曜の朝には、体調はすっかり回復していた。

結局、熱は三十八度前後までしか上がらず、解熱剤を飲んでいれば何不自由なく行動できた。味覚障害も二日で治ったし、後遺症らしきものもいまのところない。

出社には不安もあったが、充が調べたところによると、発症後五日を過ぎて人にうつしたケースはないとする論文がすでに出ているらしかったので、六日目ともなると人にうつすおそれは小さいだろうと判断した。むしろ新型コロナウイルスは発症前にうつしてしまうことで知られているが、職場からほかの感染者が出たという知らせは受けていない。仮に今後、充が感染源のクラスターが発生したとして、感染者が発症するのは何日もあとだ。そのころにはもう、充自身がPCR検査で陽性になる確率は低いだろう。県内第一号の汚名さえ免れられれば、あとは知ったことではない。

五日ぶりに車で出社すると、駐車場でくだんの上司と出くわした。充の顔を見るなり、気遣わしげになって言う。

「おばあさん、無事に見送ることができたか？」

「はい。ご迷惑をおかけしました」

「気にするな。ところで、どうして亡くなったんだ？」

充は買ったばかりなのに凹《へこ》んでしまった愛車のバンパーの前にさりげなく立ち、その傷を隠しながら事実を告げた。

「ひき逃げです」

明晰夢発生装置　海堂尊

初出『３分で読める！　眠れない夜に読む心ほぐれる物語』
(宝島社文庫)

その男は、ある日突然、俺の下宿のドアを叩《たた》いた。

黒い背広、ワイシャツはグレー、ネクタイは紺色。どう見ても地味ないでたちである。今のご時世、必需品のマスクは当然、白い不織布のよく見るやつだ。

ガラガラのキャスターつきの、黒いキャリーバッグを手にしている。

どこからどう見ても、古式ゆかしき訪問販売員だ。

しかし、人と人との接触を避けろだの、人流を減らせ、と大合唱のこの時代、訪問販売ほど難しい商売はないに違いない。

いや、いろいろな商売が新型コロナウイルスのせいで、大変なことになっている。だから、こうした言い方は紋切り型に過ぎるかもしれない。それでも訪問販売員は、この生活様式の変革によって、ダメージを受けた最大の業種のひとつだろう。

俺が扉を開けると、その男はぬるり、と玄関に入ってきた。

「いやあ、どうもどうも。最近はこのご時世なので、ドアを開けていただくこともめっきり少なくなりまして、商売あがったりですわ、ははは」

いきなりネガティブな話題から入るのは、セールスマンとしては二流だろう、と俺は即断した。実は俺の前職は同じセールスマンだったので、よくわかる。ドアを開けたのだって、百軒のドアを叩いて五軒しか開けてくれず、その五軒でもとりつく島もなく、けんもほろろに断られてしまう、あの出口のない日々の苦しみが浮かぶ。

だから、あの頃の俺のために、扉を開けたような気持ちがある。

でも、それが救済にならないことはわかっていた。何を売ろうとしているのかはわからないが、それを購入する余剰資金など、今の俺にはなかったからだ。それでも親身に商品の説明を聞いてもらえるだけで、どれほど気持ちが救われるか、知っている俺は、ボランティアの気持ちで話だけでも聞くことにしたのだ。

男はそんな俺の気持ちを知ってか知らずか、いきなり本題から切り出した。

「あなた、夢を見るように生きたいと思いませんか？」

「あ、いや、まあ、それは誰でもそうなのでは」

「素晴らしい。私はこの商売をしていて、いつも思うのですが、幸運というのは扉を開かないと摑《つか》めないものなんです。そしてこの商品は一日一個しか仕入れられないので、先着一名様の早い者順、あなたはラッキーです」

ああ、そっち系か、と俺はがっかりした。商品の希少価値を煽《あお》って、射幸心を喚起させ、財布の口を開かせる。まあ、セールスの王道のひとつではある。

こういう輩《やから》は自信満々なので、購入を渋るといきなり豹変《ひょうへん》して怒り出すことがある。なので早々に、購入できない可能性を匂わせておく必要がある。

「ご覧の通り、私は失業中で、手持ちが乏しいんです。がっかりさせると申し訳ないので、商品の説明を伺っても購入できない可能性が高いですよ、と最初に申し上げておきます。それでよければ、ご説明を聞きますけど」

「もちろん、もちろん。それでイナフ（十分）です。五分、お時間をいただければ、お客様にご購入いただけると確信しておりますので。最初にお値段を申し上げますと、消費税込み込みで、ジャスト三万円。これ以上はビタ一文いただきません」

三万円。高くはないが安くもない、微妙な価格設定だ。たとえば靴下だったらベラボウに高いし、携帯電話だったら相当お得だ。

俺は少し興味が動いた。三万円なら今の俺でも出せるギリギリの範囲内だ。

「お、気持ちが動きましたね。では商品のご説明を」

そう言って、黒いキャリーバッグから取り出したのは、これまた黒い箱だった。コンセントもついてない。

「これは『めいせきむ発生装置』です」

「『めいせきむ』って、なんですか？」

「夢なのに、夢と自覚している夢、それを明晰夢《めいせきむ》といいます。夢だからなんでもやり放題、自由自在です。しかもなにか困りごとが起こったら、このクリアボタンを押せば、たちまち目覚めて、夢の世界から逃れることができます」

そう言って、黒い小さなスマホくらいの大きさの箱を見せる。その真ん中に丸い大きな、赤いボタンがあった。

「因《ちな》みにこれは五千円ですが、今なら込み込みでサービスします」

ほう、お得だな、と思った俺は、待てよ、と思い直す。

「そのボタン、夢の中に持ち込めるわけないじゃないですか」

すると、男は頭を掻《か》いた。

「いやあ、お客さんは見かけによらず、鋭いですね。その通りです。でも、これを購入したという記憶が、明晰夢の中でお客さんの持ち物として発現することになるんです。まあ、そのあたりの理屈はこの明晰夢発生装置の原理でもありましてね。つまり明晰夢とは、夢と現実の境を曖昧にして、限りなく現実に近づける作用がありまして。たとえば、明晰夢の中で食べた食事は、そのまま現実の栄養になるわけでして」

「ほう、すると夢の中で食事を摂れるから、食費の節約になるわけですか」

俺はかなり興味を惹かれた。食費が浮けば三万円など安い投資だ。

「あ、でもひとつご注意を。明晰夢の世界の中では、やはりちゃんと法律や慣習がありまして、それを破ると罰せられたりします。それは現実世界と一緒です」

「すると、明晰夢の中でも、食事をしたらカネを払うということですか」

俺はがっかりした。それなら現実世界と変わらないじゃないか。

「その通りです。でも、そこでこのリセットボタンが効用を発揮します。これを押せばその明晰夢の世界からドロンができる、というわけです」

「つまり食い逃げし放題、だと？」

男は声を潜めて言った。

「たとえ本当のことでも、おおっぴらに言ったらダメなことってあるでしょう。その辺りはお察しください」

「明晰夢からドロンしたら、結局腹ぺこの俺に戻ることになるんでしょう。それじゃあ意味がないですよ」

「いやいや、そこがこの明晰夢発生装置の素晴らしいところ。あなたの身体《からだ》に接したものは、現世にお持ち帰りができる仕組みなんです」

「明晰夢の世界で食べたものは、私の腹の中に残る、ということですか？」

「そういうことです。リセットボタンを押さなくても、ご自分で目覚めることができたら、チャラになります。それは訓練次第でできるようですよ」

「それなら三万円は超お得ですね。買ってもいいかな。でも、もしちゃんと作動しなかったら、つまり、これが詐欺ではないという保証はないですよね」

すると、男はにやりと笑う。

「もちろん保証はありません。でも、その時は夢を買ったと思えばよろしいのでは。この世知辛《せちがら》い世の中、三万円で飲み放題食べ放題の生活を毎日送れると思うだけで、気が晴れるでしょう。それを思えば三万円なんて安いものだと思いませんか」

完全に詐欺だと白状しているではないか。だが、せっかくここまで面白い話を聞かせてもらったので、俺はついでに追撃することにした。

「もうひとつ疑問なんですが、そんな素晴らしい機械があるならなぜご自分で使わないんですか？　そうすればこんなしょぼいセールスをしなくても済むでしょうに」

すると、男は悩ましげに首を振る。

「それは契約でできないことになっているんです。それをした途端、この機械の供給を止められてしまうんです。でも、それを我慢すれば一日一台、必ず売れます。一日三万円あれば、生きていくのに困りません。私は堅実な道を選んだだけなんです」

なるほど、うまく言い抜けたものだ。

「すると、その機械を買おうとしている私は堅実じゃない、というわけですね」

「いやいや、それは違います。あなたさまは、そうした販売人になるチャンスがなかっただけです。それは仕方がないことなのです」

まあ、それはそうだ。

俺は購入を決めた。

「まいどありがとうございます。これはアイディア次第で、打ち出の小槌《こづち》のようなものですから、どうか工夫して活用してください」

こうして俺の手元には黒い箱が残された。

俺が購入したのは、俺は寝付きがよく目覚めたい時間に自由に目覚めることができる体質だったからだ。そんな俺なら明晰夢発生装置とはめちゃくちゃ相性がいいはず。ある意味無敵の組み合わせだろう。その上にリセットボタンがあれば盤石だ。

俺は早速、明晰夢発生装置を枕元に置いて、眠ることにした。目を瞑《つむ》ってこの黒い箱のことをあれこれ考えていたが、やがてことん、と眠りに落ちた。

目を開けるといつもの俺の部屋だった。服もゆうべのままだ。やっぱり騙《だま》されたか、とがっかりした。起き上がり伸びをする。腹が減っていたので牛丼チェーン店に行き並盛りを食べた。いざ支払いをしようとして俺は青ざめた。

昨日、あの黒い箱を買ったので財布には十円玉が二枚しかなかった。

財布を覗《のぞ》き込んで固まった俺を、店員のお姉さんが怪訝《けげん》そうな表情で見ている。

「食い逃げデスカ？」

外国人のバイトらしい。俺は「いや、その、あの、そんなことはなくて」と口ごもるが、店員のお姉さんは「店長、チョット、オ願イシマス」と声を上げた。

その時、ポケットに入れた手にスマホのようなものが触れた。

リセットボタンだ。俺は無我夢中でボタンを押した。

はっと目が覚めた。俺は寝床の中にいた。

気がつくと寝る前に空腹だった俺は満腹になっていた。昼のところに違和感があったので触れてみると牛丼屋の紅ショウガだった。間違いない。俺はあの牛丼を明晰夢の世界で食い逃げしてきたのだ。

その日から俺は毎日のように、明晰夢の世界で食い逃げを繰り返した。

人生で食事は生命維持に最重要なものだが、それだけでは生きていけない。家賃、光熱費、水道代など諸雑費がかかる。その支払いが間もなくだった。

食い逃げができるなら泥棒だって可能なはず。コンビニのレジから三万円を奪って逃げた。店員が警察に連絡している間に俺はリセットボタンを押した。

目覚めると、俺は手に三万円の札束を握りしめ、寝床から身体を起こしていた。

思った通りだった。もはや俺は無敵だ。

だが、リセットボタンを押し、目覚めるまでのストレスが蓄積し、俺は疲れてしまった。夢の中とはいえ非合法行為は気持ちの負担になるようだ。なので、しばらく明晰夢発生装置の使用を控えることにした。我ながら気が小さいものだ。

その前に最後のひと稼ぎで、でかい強盗をすることにした。

俺はボストンバッグを買って、胸に抱いて寝た。

目を覚ますといつもと同じ風景だった。俺はボストンバッグを手に、歩き始めた。

職員が年老いた二人しかいない馴染《なじみ》の郵便局に行って「カネを出せ」と言った。

老夫婦は震えながら百万円の札束を差し出した。俺はこれくらいならボストンバッグは必要なかったなと思いながら、リセットボタンを押した。

はっと目覚めた。胸に抱きしめたボストンバッグの中に百万円の札束があった。

普通ならこのあたりで、俺はとんでもないトラブルに見舞われなければおかしい。それが物語の常道のはずだ。なのに、そんなことは起こらなかった。

こんな野放図なことがいつまでも続くはずがない。

俺は心の底から小市民だった。

ある日、一大決心をして明晰夢発生装置を粗大ゴミに出した。そして手元にあった百万円を元手に宅配弁当屋を始めた。地域のお年寄りの需要を得て、うまく回るようになった。気がつくと俺は毎日三万円近く、稼ぐようになっていた。

ふとこの世界も明晰夢の世界なのではないか、と思った。気がつくとリセットボタンはなくなっていたので確かめようがない。人生は一夜の夢だ、というどこかの文豪の言葉を思い出しながら、俺は寝床で目を閉じた。

目を開けたらこうしたことも全て夢だったのか、と思うかもしれない。

ひょっとしたら俺はもともと明晰夢の世界の住人だったのかもしれない。

この物語はフィクションです。作中に同一の名称があった場合も、
実在する人物、団体等とは一切関係ありません。

執筆者プロフィール一覧 ※五十音順

青山美智子（あおやま・みちこ）

一九七〇年生まれ、愛知県出身。横浜市在住。大学卒業後、シドニーの日系新聞社で記者として勤務。2年間のオーストラリア生活ののち帰国、上京。出版社で雑誌編集者を経て執筆活動に入る。デビュー作『木曜日にはココアを』が第一回宮崎本大賞を受賞。続編『月曜日の抹茶カフェ』（いずれも宝島社）が第一回けんご大賞を受賞。『お探し物は図書室まで』（ポプラ社）が二〇二一年本屋大賞二位。『赤と青とエスキース』（PHP研究所）が二〇二二年本屋大賞二位。他の著書に『鎌倉うずまき案内所』『ただいま神様当番』『いつもの木曜日』（以上、宝島社）、『月の立つ林で』（ポプラ社）など。

一色さゆり（いっしき・さゆり）

一九八八年、京都府生まれ。東京藝術大学芸術学科卒業ののち、香港中文大学大学院美術研究科修了。第十四回『このミステリーがすごい！』大賞・大賞を受賞し、『神の値段』（宝島社）にて二〇一六年にデビュー。他の著書に、『骨董探偵馬酔木泉の事件ファイル』『絵に隠された記憶 熊沢アート診療所の謎解きカルテ』（以上、宝島社）、『ピカソになれない私たち』『コンサバター』シリーズ（以上、幻冬舎）、『飛石を渡れば』（淡交社）、『光をえがく人』（講談社）、『ジャポニズム謎調査 新聞社文化部旅するコンビ』（双葉社）がある。

岡崎琢磨（おかざき・たくま）

一九八六年、福岡県生まれ。京都大学法学部卒業。第十回『このミステリーがすごい！』大賞・隠し玉として『珈琲店タレーランの事件簿 また会えたなら、あなたの淹れた珈琲を』（宝島社文庫）で二〇一二年デビュー。同書は二〇一三年、第一回京都本大賞に選ばれた。同シリーズのほか、著書に『夏を取り戻す』（東京創元社）、『貴方のために綴る18の物語』（祥伝社）、『Butterfly World 最後の六日間』（双葉社）、『下北沢インディーズ ライブハウスの名探偵』（実業之日本社）などがある。

海堂尊（かいどう・たける）

一九六一年、千葉県生まれ。千葉大学医学部卒、千葉大学大学院医学研究科博士課程修了。外科医、病理医を経て、第四回『このミステリーがすごい！』大賞を受賞し、二〇〇六年に『チーム・バチスタの栄光』（宝島社）で作家デビュー。「桜宮サーガ」と呼ばれる同シリーズは三十三作、累計発行部数一〇〇〇万部を超える。他の著書に、「ポーラースター」シリーズ、『奏鳴曲 北里と鷗外』（以上、文藝春秋）など。ノンフィクションではオートプシー・イメージング（Ai＝死亡時画像診断）の社会導入を目指した『死因不明社会』『ゴーゴーAi』（以上、講談社）などがある。

柏てん（かしわ・てん）

一九八六年生まれ、茨城県出身。神奈川県在住。小説投稿サイト「小説家になろう」に投稿していた『乙女ゲームの悪役なんてどこかで聞いた話ですが』（アルファポリス）にて二〇一四年デビュー。代表作に「皇太后のお化粧係」シリーズ（角川ビーンズ文庫）、「妹に婚約者を譲れと言われました」シリーズ（カドカワＢＯＯＫＳ）、『京都伏見のあやかし甘味帖』シリーズ（宝島社文庫）などがある。

喜多南（きた・みなみ）

一九八〇年、愛知県生まれ。第二回『このライトノベルがすごい！』大賞・優秀賞を受賞し、『僕と姉妹と幽霊の約束』（このライトノベルがすごい！文庫）で二〇一一年にデビュー。同シリーズの他、著書に『絵本作家・百灯瀬七姫のおとぎ事件ノート』『八月のリピート　僕は何度でもあの曲を弾く』『きみがすべてを忘れる前に』（いずれも宝島社文庫）などがある。

喜多喜久（きた・よしひさ）

一九七九年、徳島県生まれ。第九回『このミステリーがすごい！』大賞・優秀賞を受賞し、『ラブ・ケミストリー』にて二〇一一年にデビュー。その他の著書に『猫色ケミストリー』『リプレイ2・14』『二重螺旋の誘拐』『研究公正局・二神冴希の査問　幻の論文と消えた研究者』『リケジョ探偵の謎解きラボ』『リケジョ探偵の謎解きラボ　彼女の推理と決断』『推理は空から舞い降りる　浪速国際空港へようこそ』「科警研のホームズ」シリーズ（以上、宝島社文庫）、「化学探偵Mr.キュリー」シリーズ、「死香探偵」シリーズ（ともに中公文庫）、「動機探偵」シリーズ（双葉文庫）などがある。

黒崎リク（くろさき・りく）

長崎生まれ、宮崎育ちの九州人。第四回ネット小説大賞を受賞し、二〇一七年に『白いしっぽと私の日常』（ぽにきゃんＢＯＯＫＳ）でデビュー。第六回の同賞で、『帝都メルヒェン探偵録』（宝島社文庫）でグランプリを受賞。同作はミュージカルにもなった。他の著書に『呪禁師は陰陽師が嫌い　平安の都・妖異呪詛事件考』（宝島社）、『天方家女中のふしぎ暦』（ＰＨＰ文芸文庫）がある。

佐藤青南（さとう・せいなん）

一九七五年、長崎県生まれ。第九回『このミステリーがすごい！』大賞・優秀賞を受賞し、『ある少女にまつわる殺人の告白』にて二〇一一年デビュー。他の著書に「消防女子!!」シリーズ、「行動心理捜査官・楯岡絵麻」シリーズ、『嘘つきは殺人鬼の始まり　SNS採用調査員の事件ファイル』（以上、宝島社）、「お電話かわりました名探偵です」シリーズ（KADOKAWA）、「ストラングラー」シリーズ（角川春樹事務所）、「白バイガール」シリーズ、『犬を盗む』（ともに実業之日本社）などがある。

沢木まひろ（さわき・まひろ）

一九六五年、東京都生まれ。青山学院大学文学部日本文学科卒業。二〇〇六年『But Beautiful』で第一回ダ・ヴィンチ文学賞優秀賞を受賞、二〇一二年『最後の恋をあなたと』（のちに宝島社文庫『ビター・スウィート・ビター』）で第七回日本ラブストーリー大賞を受賞。主な著書に「44歳、部長女子。」シリーズ、『二十歳の君がいた世界』、映画ノベライズ『きみの瞳が問いかけている』（以上、宝島社文庫）などがある。

志駕晃（しが・あきら）

一九六三年生まれ。明治大学商学部卒業。第十五回『このミステリーがすごい！』大賞・隠し玉として、『スマホを落としただけなのに』で二〇一七年にデビュー。他の著書に『ちょっと一杯のはずだったのに』『スマホを落としただけなのに　囚われの殺人鬼』『スマホを落としただけなのに　戦慄するメガロポリス』（以上、宝島社文庫）、『彼女のスマホがつながらない』（小学館）、『たとえ世界を敵に回しても』（KADOKAWA）などがある。

上甲宣之（じょうこう・のぶゆき）

一九七四年生まれ。大阪府出身。立命館大学文学部卒業。元ホテルマン。第一回『このミステリーがすごい！』大賞の隠し玉として、『そのケータイはXX（エクスクロス）で』（宝島社）にて、二〇〇三年にデビュー。同作は二〇〇七年に劇場映画化され、人気を博す。他の著書に『地獄のババぬき』「JC科学捜査官」シリーズ（ともに宝島社）、『Xサバイヴ 都市伝説ゲーム』（角川書店）、「脱出迷路」シリーズ（幻冬舎）などがある。

新川帆立（しんかわ・ほたて）

一九九一年生まれ。アメリカ合衆国テキサス州ダラス出身、宮崎県宮崎市育ち。東京大学法学部卒業後、弁護士として勤務。第十九回『このミステリーがすごい！』大賞を受賞し、二〇二一年に『元彼の遺言状』でデビュー。他の著書に『倒産続きの彼女』『剣持麗子のワンナイト推理』（以上、宝島社）、「競争の番人」シリーズ（講談社）、『先祖探偵』（角川春樹事務所）がある。

辻堂ゆめ（つじどう・ゆめ）

一九九二年生まれ。神奈川県藤沢市辻堂出身。東京大学法学部卒業。第十三回『このミステリーがすごい！』大賞にて『いなくなった私へ』で優秀賞を受賞し、二〇一五年デビュー。ほかの著書に『コーイチは、高く飛んだ』『あなたのいない記憶』（以上、宝島社）、『悪女の品格』（東京創元社）、『僕と彼女の左手』『あの日の交換日記』（ともに中央公論新社）、「片思い探偵　追掛日菜子」シリーズ（幻冬舎文庫）、『卒業タイムリミット』（双葉社）など多数。

塔山郁（とうやま・かおる）

一九六二年、千葉県生まれ。第七回『このミステリーがすごい！』大賞・優秀賞を受賞し、『毒殺魔の教室』にて二〇〇九年デビュー。他の著書に『悪霊の棲む部屋』『ターニング・ポイント』『人喰いの家』『F 霊能捜査官・橘川七海』『薬剤師・毒島花織の名推理』シリーズ（すべて宝島社文庫）がある。

友井羊（ともい・ひつじ）

一九八一年、群馬県生まれ。第十回『このミステリーがすごい！』大賞・優秀賞を受賞、『僕はお父さんを訴えます』にて二〇一二年デビュー。他の著書に『ボランティアバスで行こう！』『スープ屋しずくの謎解き朝ごはん』シリーズ（以上、宝島社）、「さえこ照ラス」シリーズ（光文社）、『向日葵ちゃん追跡する』（新潮社）、『スイーツレシピで謎解きを』『放課後レシピで謎解き』（集英社）などがある。

中山七里（なかやま・しちり）

一九六一年、岐阜県生まれ。『さよならドビュッシー』にて第八回『このミステリーがすごい！』大賞・大賞を受賞し二〇一〇年デビュー。他の著書に『おやすみラフマニノフ』『さよならドビュッシー前奏曲 要介護探偵の事件簿』『いつまでもショパン』『どこかでベートーヴェン』『もういちどベートーヴェン』『連続殺人鬼カエル男』『連続殺人鬼カエル男ふたたび』『総理にされた男』（以上、宝島社）、他の著書に「御子柴礼司」シリーズ（講談社）、「刑事犬養隼人」シリーズ（KADOKAWA）、「毒島刑事」シリーズ（幻冬舎）など多数。

英アタル（はなぶさ・あたる）

北海道生まれ。第三回『このライトノベルがすごい！』大賞・隠し玉として、『ドラゴンチーズ・グラタン 竜のレシピと風環の王』（このライトノベルがすごい！文庫）にて二〇一三年デビュー。他の著書に『ドラコンチーズ・グラタン2 幻のレシピと救済の歌姫』（このライトノベルがすごい！文庫）がある。

林由美子（はやし・ゆみこ）

一九七二年、愛知県生まれ。第三回日本ラブストーリー大賞・審査員特別賞を受賞、『化粧坂』にて二〇〇九年デビュー。他の著書に『揺れる』『堕ちる』『逃げる』（すべて宝島社）がある。

柊サナカ（ひいらぎ・さなか）

一九七四年、香川県生まれ。第十一回『このミステリーがすごい！』大賞・隠し玉として、『婚活島戦記』にて二〇一三年デビュー。他の著書に『人生写真館の奇跡』『古着屋・黒猫亭のつれづれ着物事件帖』「谷中レトロカメラ店の謎日和」シリーズ（以上、宝島社）、「機械式時計王子」シリーズ（角川春樹事務所）、「二丁目のガンスミス」シリーズ（ホビージャパン）、『天国からの宅配便』（双葉社）、『お銀ちゃんの明治舶来たべもの帖』（ＰＨＰ研究所）などがある。

堀内公太郎（ほりうち・こうたろう）

一九七二年生まれ、三重県出身。早稲田大学政治経済学部卒業。『公開処刑人 森のくまさん』にて第十回『このミステリーがすごい！』大賞・隠し玉としてデビュー。他の著書に『公開処刑板 鬼女まつり』『だるまさんが転んだら』『公開処刑人 森のくまさん―お嬢さん、お逃げなさい―』『既読スルーは死をまねく』（以上、宝島社）、『「ご一緒にポテトはいかがですか」殺人事件』（幻冬舎）、「スクールカースト殺人教室」シリーズ（新潮社）、『タイトルはそこにある』（東京創元社）がある。

三好昌子（みよし・あきこ）

一九五八年、岡山県生まれ。大阪府在住。嵯峨美術短期大学洋画専攻科卒。第十五回『このミステリーがすごい！』大賞にて『京の縁結び 縁見屋の娘』で優秀賞を受賞し、二〇一七年デビュー。他の著書に『京の絵草紙屋 満天堂空蟬の夢』『京の縁結び　縁見屋と運命の子』（以上、宝島社）、『群青の闇　薄明の絵師』（角川春樹事務所）、『幽玄の絵師　百鬼遊行絵巻』（新潮社）などがある。

山本巧次（やまもと・こうじ）

一九六〇年、和歌山県生まれ。中央大学法学部卒業。第十三回『このミステリーがすごい！』大賞・隠し玉として、『大江戸科学捜査　八丁堀のおゆう』（宝島社）で二〇一五年デビュー。他の著書に「開化鐵道探偵」シリーズ（東京創元社）、『阪堺電車１７７号の追憶』（早川書房）、『途中下車はできません』「まやかしうらない処」シリーズ（小学館）、『希望と殺意はレールに乗って　アメかぶ探偵の事件簿』（講談社）、『早房希美の謎解き急行』（双葉社）、「入舟長屋のおみわ」シリーズ（幻冬舎）、『鷹の城』（光文社）など多数。

宝島社
文庫

3分で仰天！　大どんでん返しの物語

（さんぷんでぎょうてん！　だいどんでんがえしのものがたり）

2023年1月25日　第1刷発行

編　者　『このミステリーがすごい！』編集部
発行人　蓮見清一
発行所　株式会社 宝島社
〒102-8388　東京都千代田区一番町25番地
電話：営業 03(3234)4621／編集 03(3239)0599
https://tkj.jp
印刷・製本　中央精版印刷株式会社

ISBN 978-4-299-03814-2